과분한 사랑 주심에
항상 감사드립니다!

GARBAGE TIME

DASAN
COMICS

WEB
TOON

#04

가비지타임

글 · 그림 2사장

지상고등학교
JISANG HIGH SCHOOL

CONTENTS

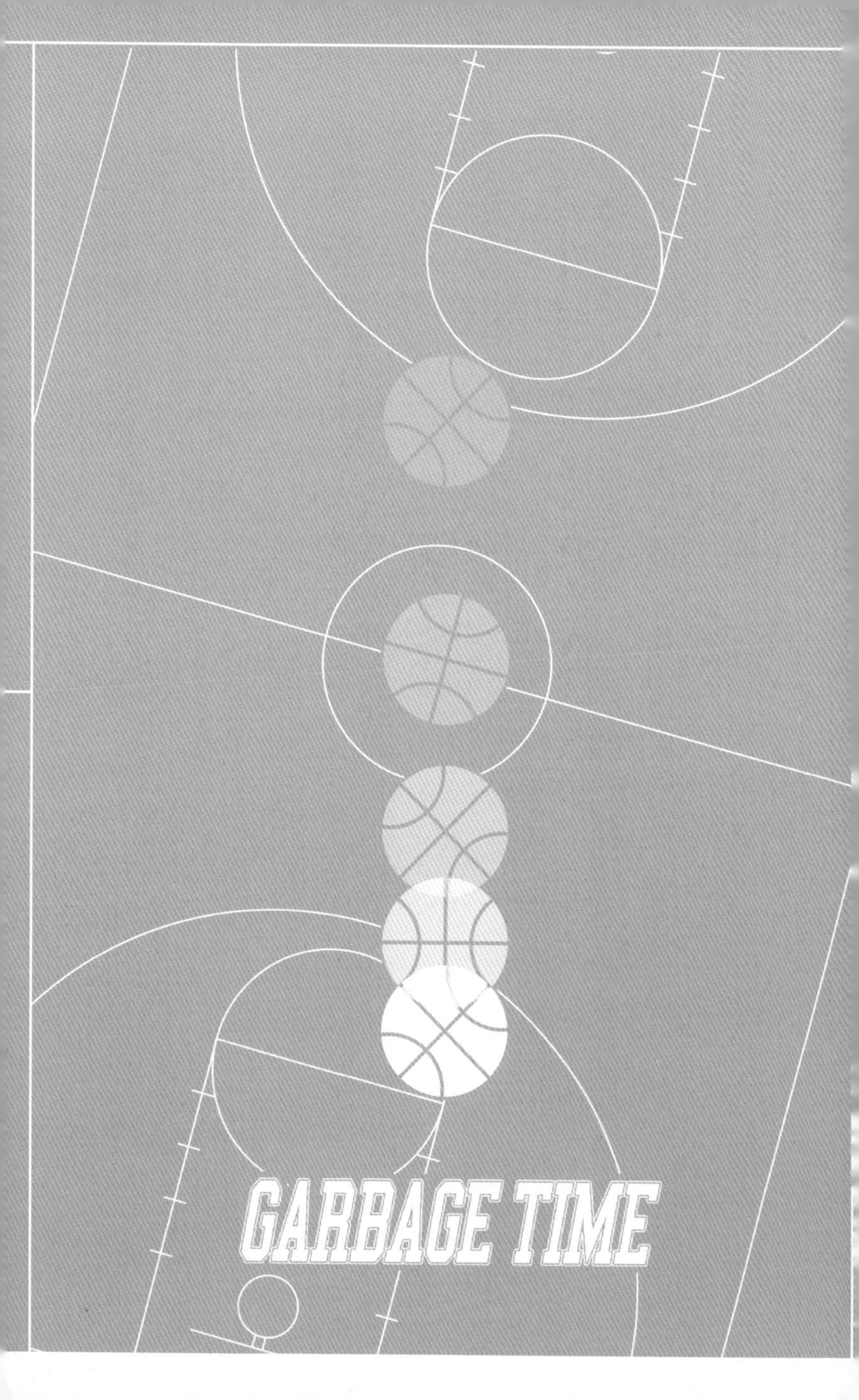
GARBAGE TIME

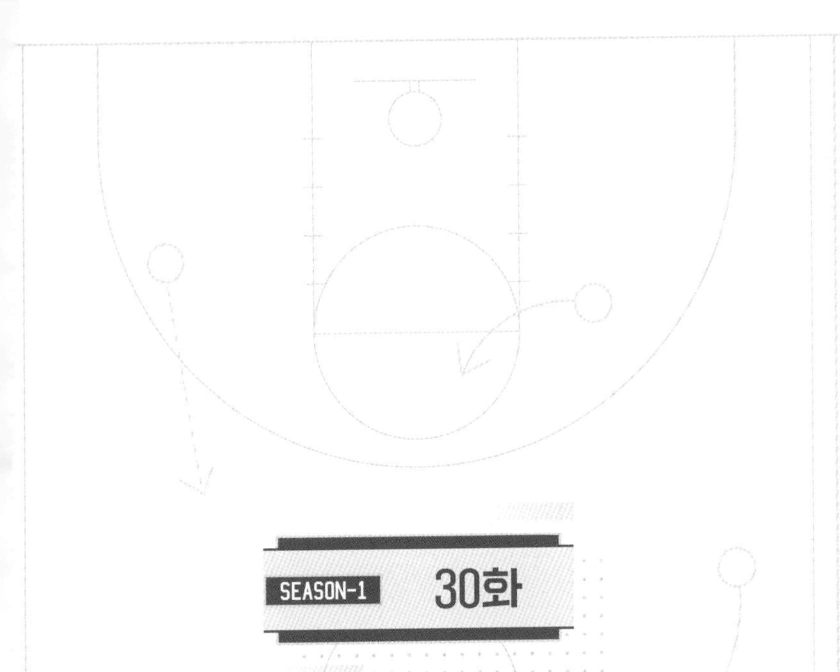

SEASON-1

30화

造形

팍
아!
삐익

크윽!
바스켓카운트!!!

나이스!

아윽…!

형…!?
괜찮아요!?
괜찮아
괜찮아.
쥐 날 거 같은
느낌이 살짝 나서
그랬어.

젠장…

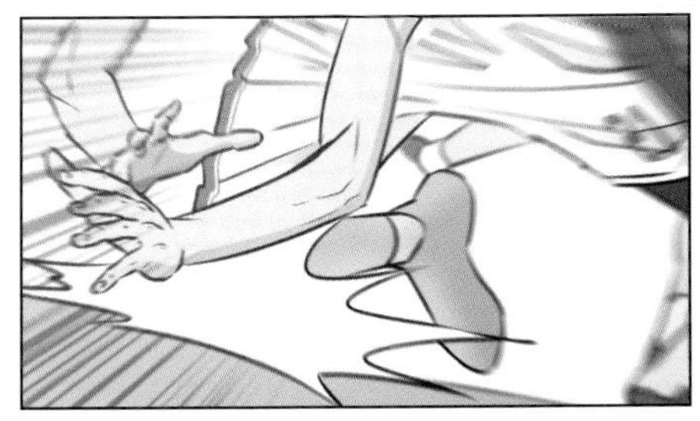

나도 모르게
오른쪽 무릎으로
떨어져버렸어.

못 봐주겠네,
진짜….

선생님!
교체
안 하십니까!?

무슨 생각인 겁니까!?
코트에 있는 이상 우리도 봐줄 수가 없다고요!

……

자유투 성공!

3점 차다!
68 : 65

미쳤구만.

이젠
누가 봐도
다리 절고 있는
모양샌데…

애고 어른이고
제정신이
아이다.

흥.
내 상관할 바
아니지.

점마는
이제부터

제대로
뛰지도 못하는
구멍일 뿐이다.
노마크!
2점!

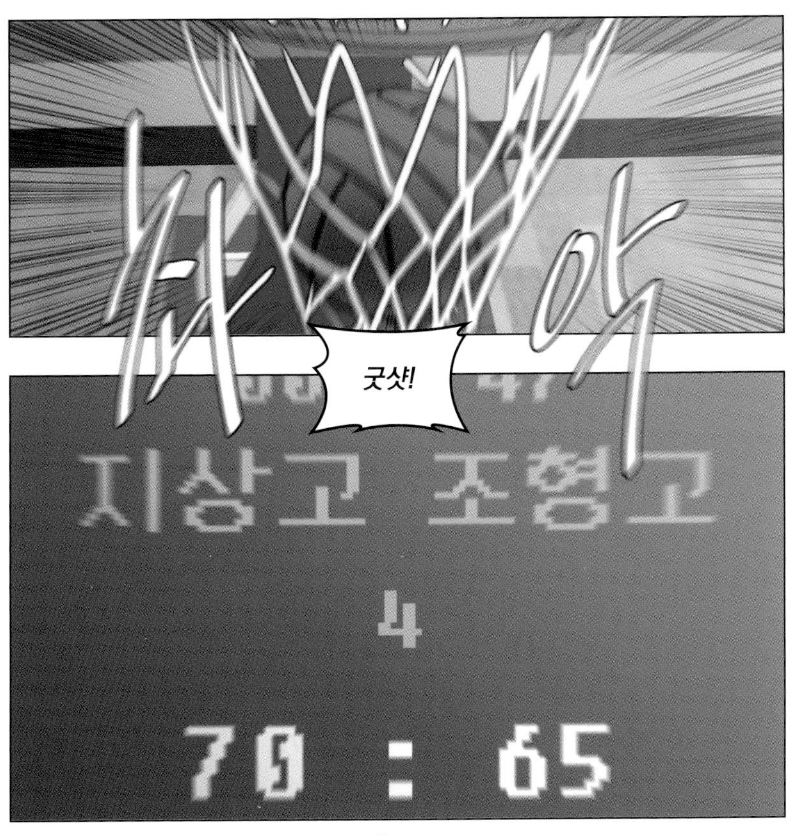
굿샷!
지상고 조형고
4
70 : 65

크윽…!
형! 1분도 안 남았어요!
빠르게 해야 돼요!

상호!
점마 아프다고
물렁한 생각 하면
안 된다!
봐주지 마래이!

물렁한
생각이요…?

그런 생각

한 적
없는데.
JISANG
6
21

티잉
나이스!

저게 오늘
미쳤나….

볼 잡아!!!

오케이!
끝이다!
아아아!!!
타악

…!
고…
공, 공, 공!!!

팅
탁
조형고가
잡았어!

여기!
JISANG
6
형! 타임아웃 안 남았어요! 빨리 안 하면 공격권 안 돌아와요!
응, 알았어!
00 : 34
지상고 조형고
4
70 : 65

도대체가… 힘들지도 않나?
다리 아픈 건 둘째치더라도

일대일을 그렇게 해놓고도 지친 기색이 전혀 없다.
내는 이래 숨이 찬데
……

그래도
아까만큼 위협적이지는 않다.

다리가
아까보다 더
아파져서
왼쪽이든
오른쪽이든
제대로 움직일 수
없을 테니까.

자…
이번엔
어느 쪽이고?

21

3점!?

탁
아!
삐이이익

JISANG
6
술의 중심도시
촤아악

00 : 31
지상고 조형고
4
70 : 68

와아아아아악!!!

3점!!!

플러스…

자유투 1점!!
4점 플레이!!!
00 : 31
지상고 조형고
4
70 : 69
1점 차다!

지상고도
타임아웃
없어!
바로 온다!

*원샷 플레이: 공격 제한 시간(24초)을 최대한 소비한 뒤 슈팅을 시도함으로써 상대 팀이 반격할 시간을 최소화하는 것.

21번은
지금 제대로 못 뛰는
상황이니까
준수 위주인 거.

그중에서
오늘
안 보여줬던 거로
고르면…

처억

GARBAGE TIME

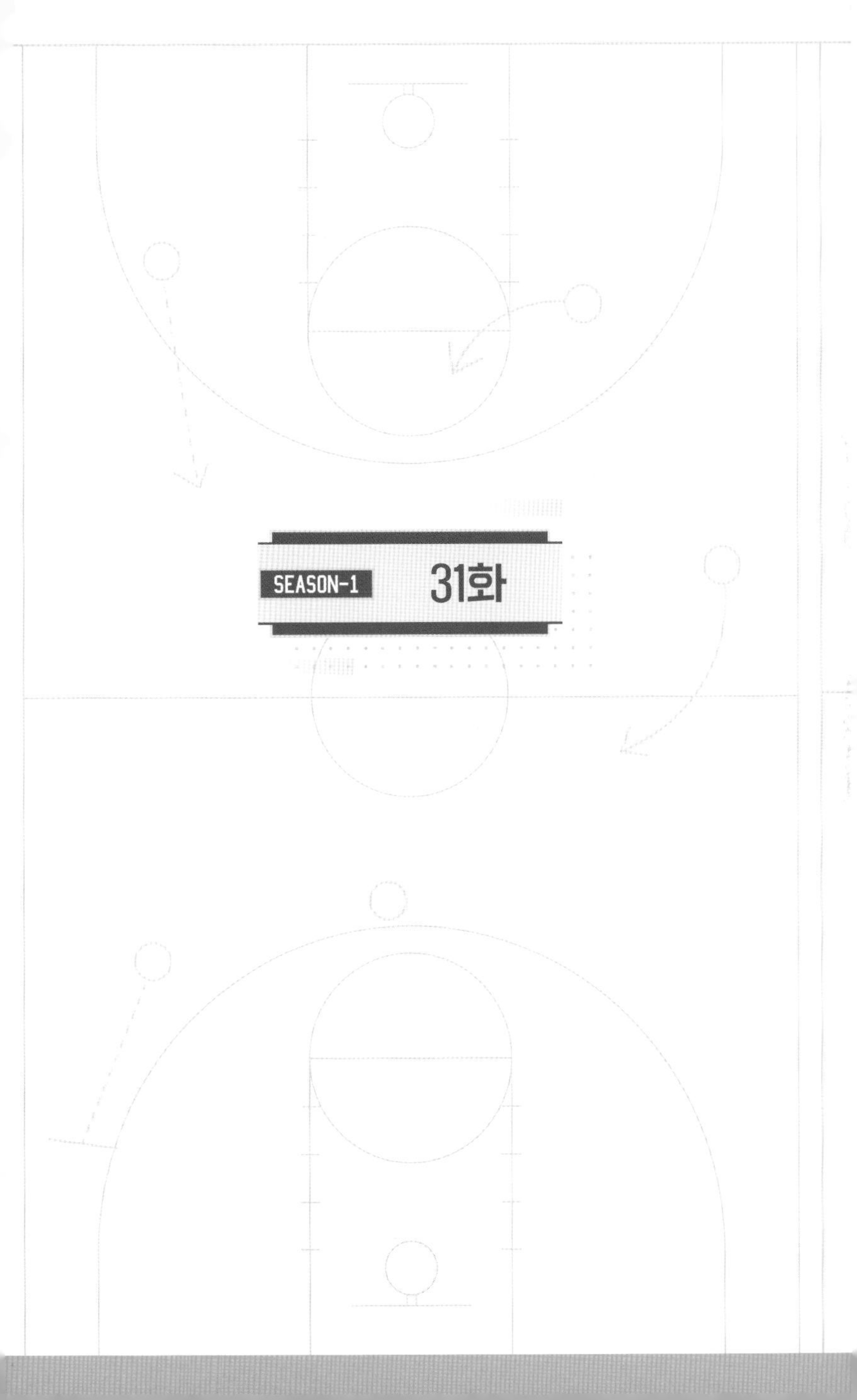
SEASON-1
31화

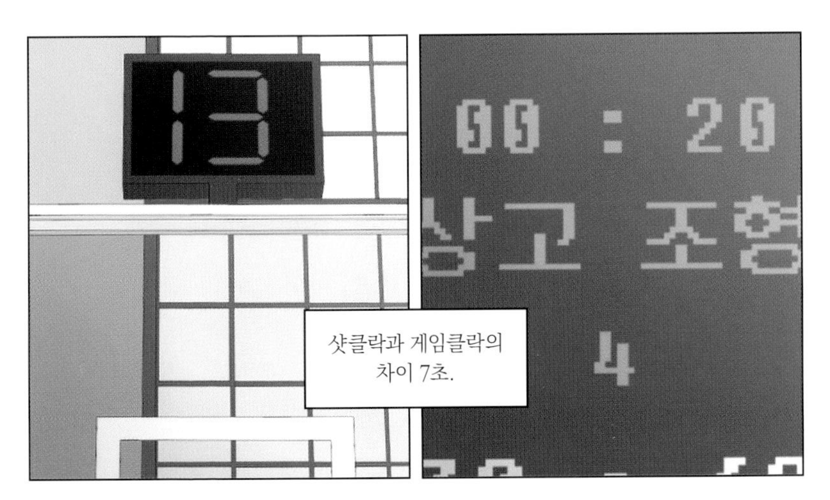
13
00 : 20
4
샷클락과 게임클락의
차이 7초.

재유는
JISANG
4
샷클락을 거의
남기지 않겠다는
생각으로

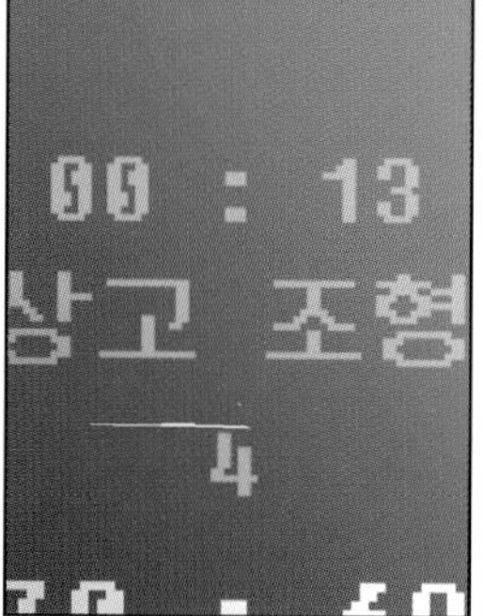
00 : 13
상고 조형
4

아슬아슬한 시간에
패턴을 시작했다.
31
21
6

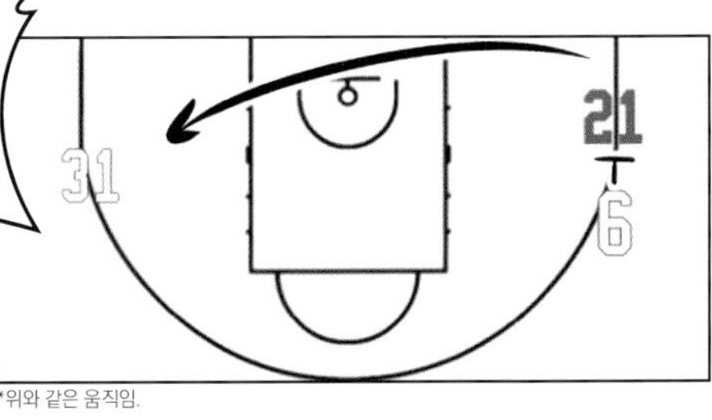

*위와 같은 움직임.

정면으로
나가는 거였어!?

아으윽…!!!
휘링

농구 할 때에
중요한 세 가지.

그중
세 번째.
2

뭐라 그랬냐?

그것은
비…
—켜!!!

빠르다!

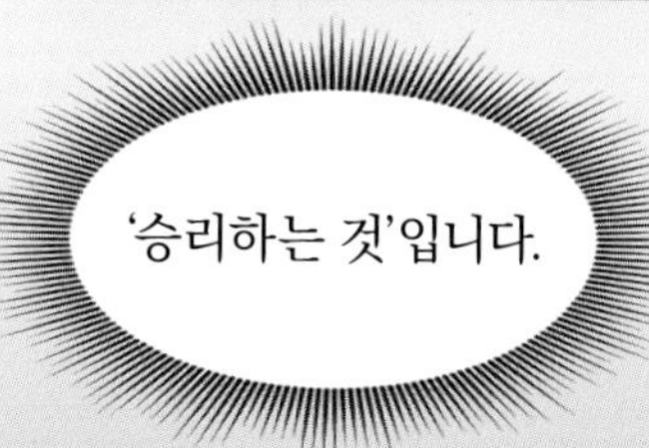
'승리하는 것'입니다.

중학교
造形
21

00 : 07
상고 조형
4
70 : 69
공 잡아!!!

크으윽!

오케이!
잡았다!

두 번째는?

교통과 예술
05
6번이
먼저 와 있어!
백코트가
빨라!
'생각하는 것'입니다.

04

그렇다면

첫 번째는
뭐냐?

이번엔 대답할 수
있겠지?
에이~
다른 건 몰라도
그거 하나만큼은
제대로 기억하고
있다고요.

그럼
대답해봐라.
세 가지 중
가장 중요한

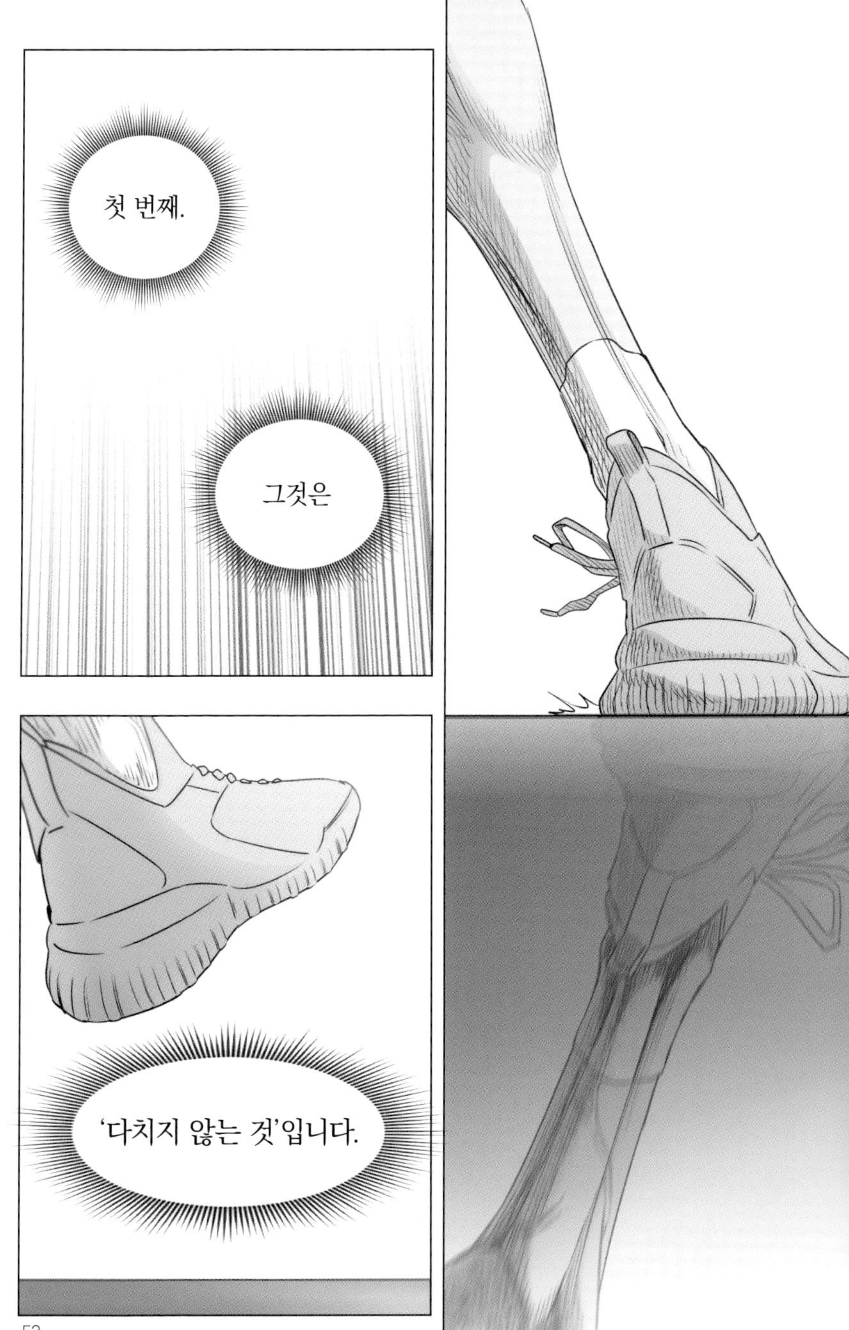
첫 번째.
그것은
'다치지 않는 것'입니다.

JISANG
6

02
SANG

21

01

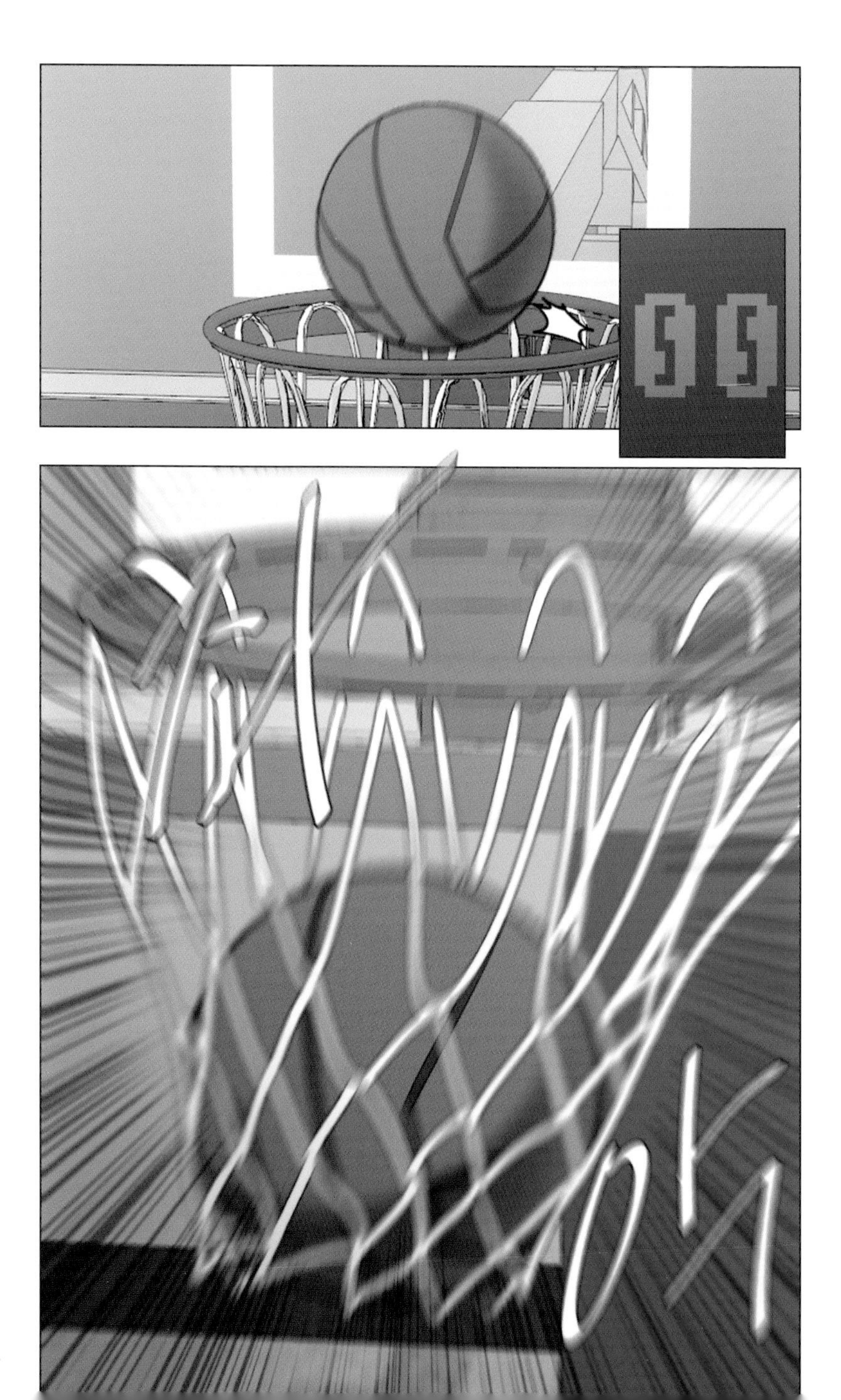
55

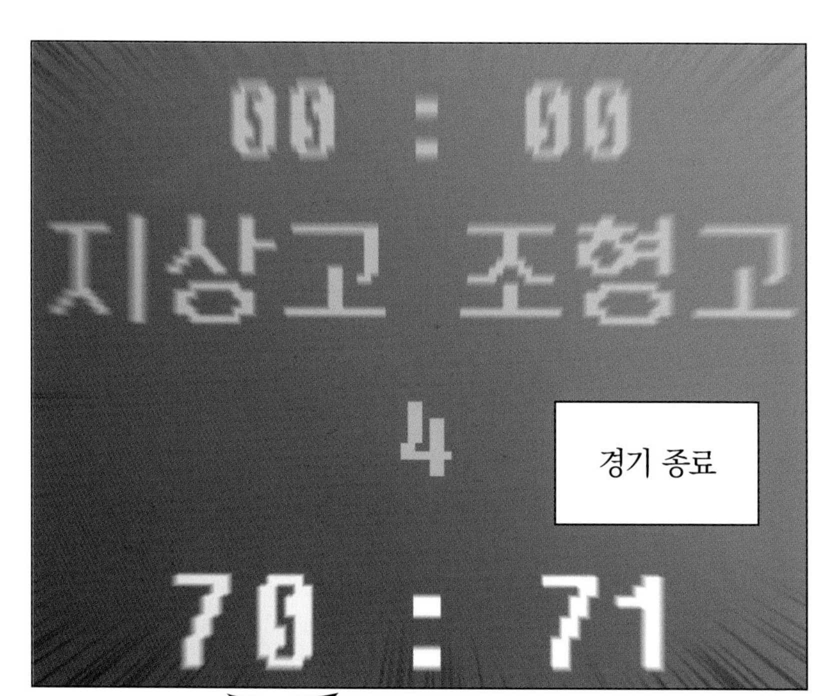
00 : 00
지상고 조형고
4
경기 종료
70 : 71

우…
우와아아아악!!!

JISANG
4

JISANG
4

교 농구
7
JISANG
23

JISANG
31

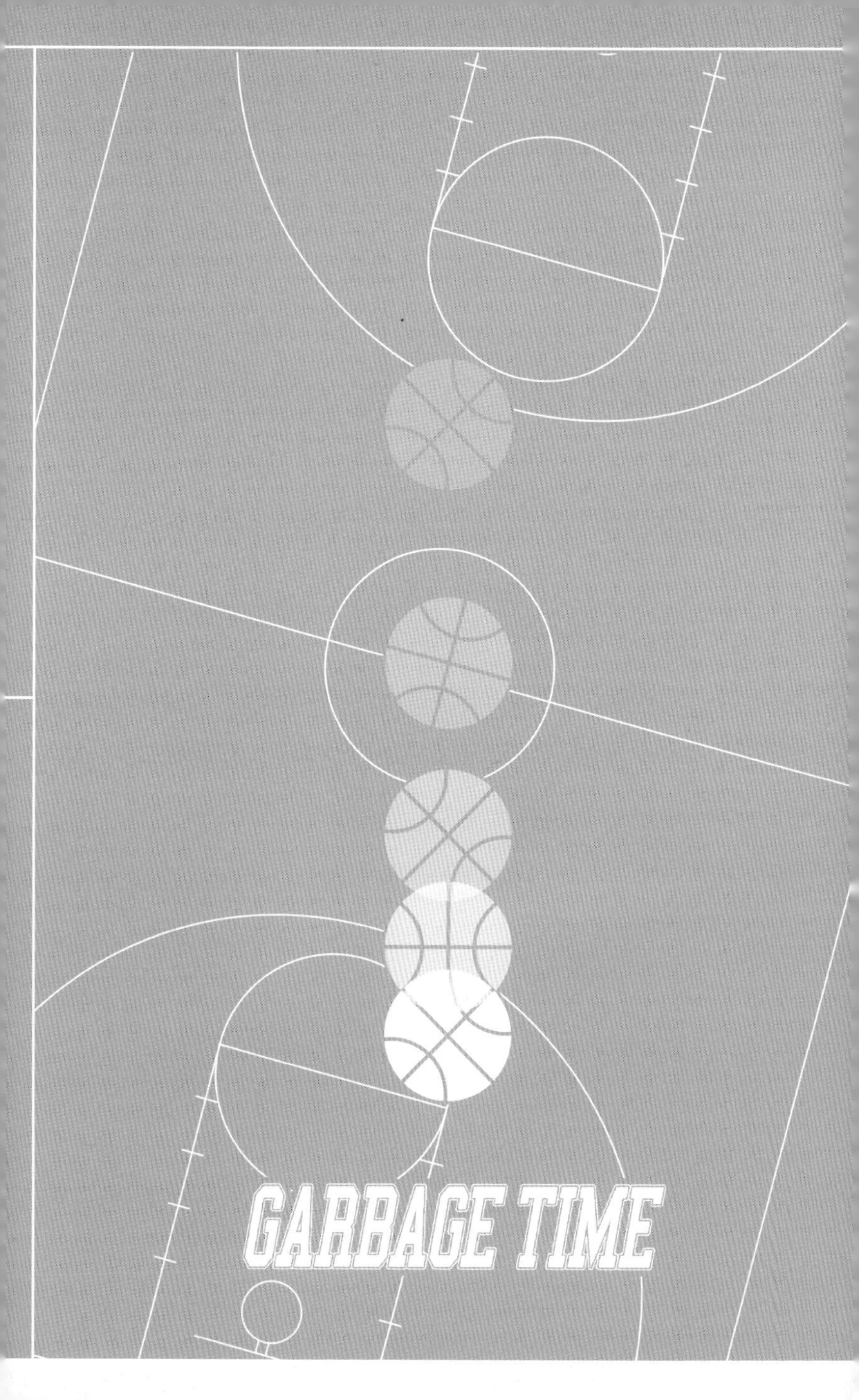
GARBAGE TIME

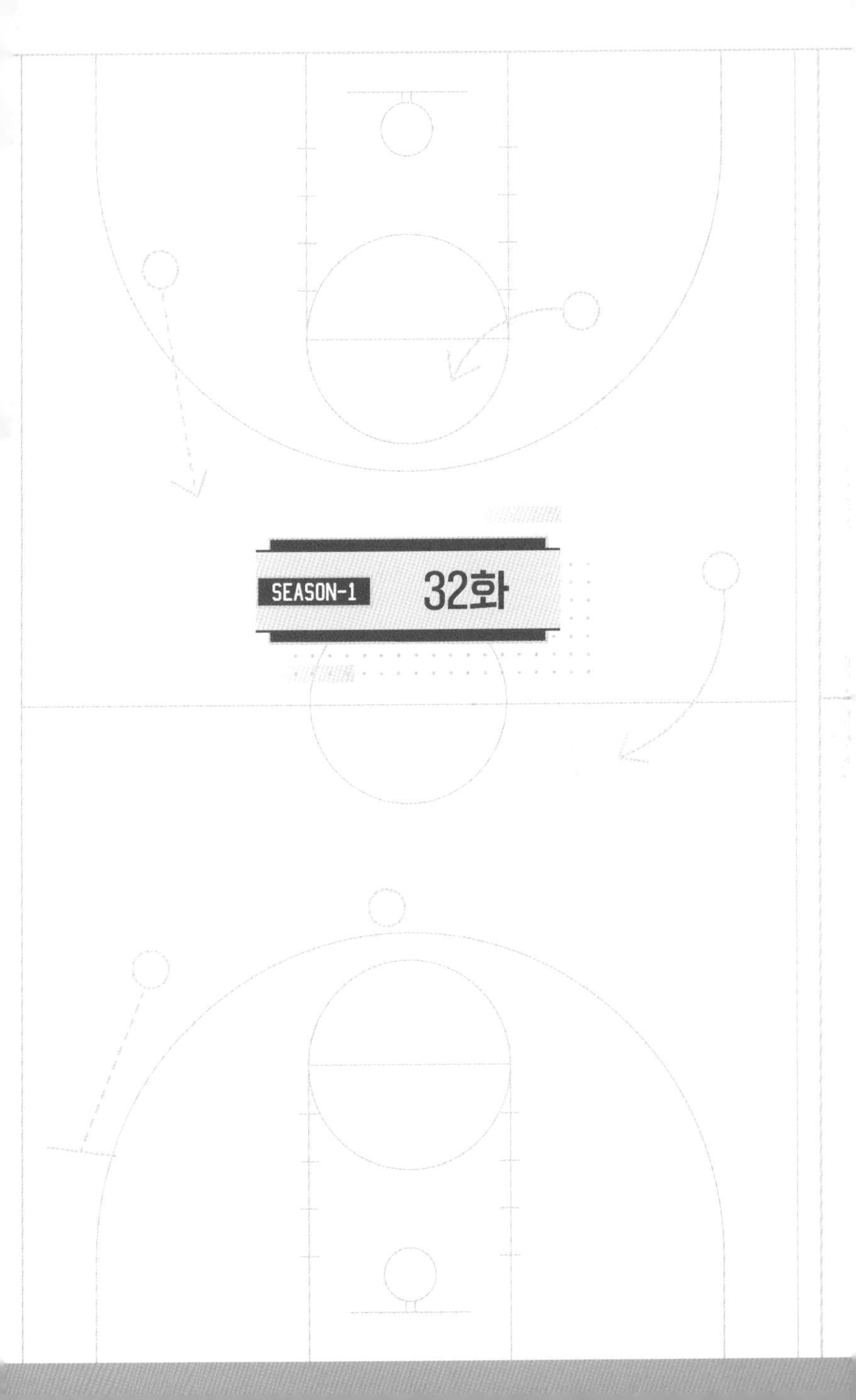
SEASON-1
32화

GARBAGE TIME

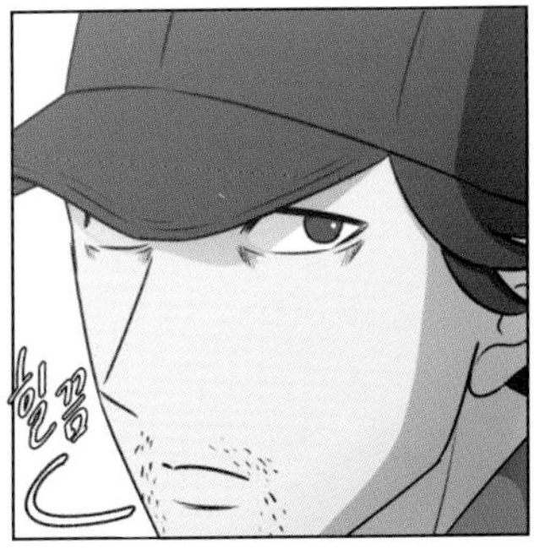
힐끔

…
3학년들은 좋겠네.

전교 1등이 뒈져버렸으니.

시XX끼…

찾아서
죽일 거다 X발….
JISANG
JISANG

……

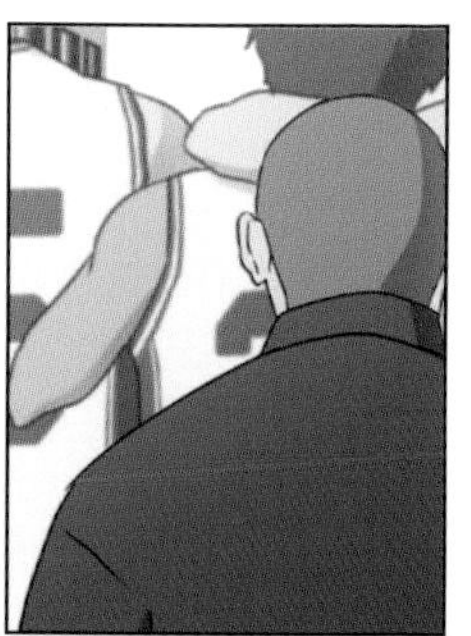

*두 명이 볼을 가진 한 선수를 수비하는 것.

수시 1차, 2차 신입생 모집요강

유형2 - 체육특기

체육대학 체육교육과

종목 : 농구(남)

모집인원 : 4인 이내

지원자격

고등학교 재학 기간 중 다음 지원자격 중 하나 이상을 충족한 자

- 국가대표, 국가상비군, 청소년대표, 청소년상비군에 선발된 자
- 전국규모 대회의 개인상 수상자
- 전국규모 대회에서 8강 이내의 입상실적 (해당대회, 팀 전체 경기시간의 30% 이상 출전 시 인정)

지상고등학교

후…

하…
야.
너만 기분 나빠?
조용히 하고 있어.

죄송합니다.

……

슥

지상고등학교

애들아.
끌긁적

슈팅 연습
많이 해라.
이기는 거도
이기는 건데

슛쟁이는
나이를 덜 먹거든.
다치기도
덜 다치고.

……
아무튼
조심들 해라.

농구는
무릎에 안 좋으니까.

와~ 내도 어제
화딱지 나갖고
잠이 안 오대.
21번만
없었으면 그냥
이기는 건데.
우리 애들도
잘했고.

기상호 금마
어제 꽤 잘하대?
……
공태성도
그럭저럭 열심히
잘했고…
공태성?

그 X끼
어제 뭐 했어?
파울 네 개
한 거 말곤 기억도
안 나는데.
금마는
기억 안 나면은
잘한 거지.
사고 안 쳤다는
뜻인데.

하…
이번 대회 8강은 물 건너갔네. 다음 대회 노려야겠제? 21번 빠져도 양훈사대는 조형고가 이길 거 같은데.
오늘 원중고랑 경기는 X팔려서 우야노?
30점 차는 날 거 같은데.
……

준수 니 가족들이 오늘 경기 보러 오나?
아니. 우리 엄마 아빠 바빠.
너는?

안 온다.
왜?
왜긴.

요즘 게임이 잘 안 풀려서

누가 보고 있으면
창피하다고
신경 쓰여서
더 안 되니까
오지 마라 했다.

방금 되게
무슨 삼 형제같이
내렸는데….
뭐라노
빙X 같은 게.

하나!
둘!

하나!
WONJOONG
WONJOONG
둘!
하나!
ISANG
둘!

어?
WONJOONG

준수!
오랜만이다!
잘 지냈어?

아니.
아…
그래….
…아 맞다!
영중이
얼마 전부터
스타팅 됐어.

그래?
잘됐다.
응….

……

근데
준수…
전학 가더니

사투리
옮은 거 같다?
뭐?
내가 언제?
아니…
방금 '그래?' 하는데
음이 약간….
어? 진짜
그렇네?
야, 말해봐.

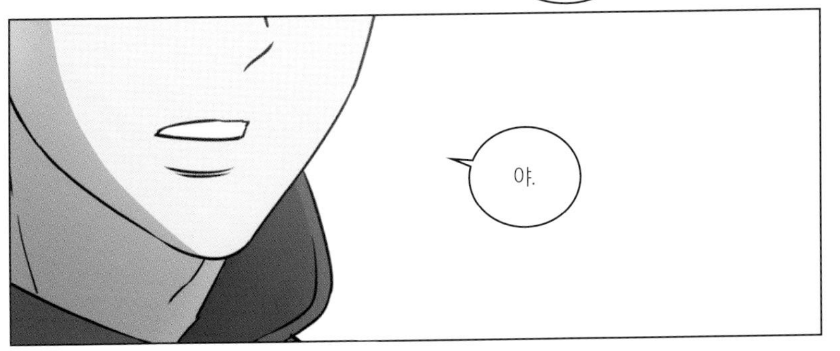
야.

X랄하지 마
병X아.

성격이 한층 더 X랄 맞아졌네.
이게 화낼 일인가?

근데 지상고 잘해?
누구 있댔지?
진재유.

아 맞다. 근데 걔 왜 거기 갔어?
중학교 때 꽤 잘했던 거로 기억하는데.
그냥 잘하는 애 옆에 있어서 잘하는 거처럼 보인 거지…
진재유 걔 별명도 웃기던데.

뭔데?

최연소
퇴물.

SEASON-1

33화

GARBAGE TIME

자~
골대 터치
한 번씩!
탁
탓
행복도시

덜컹
#4
전영중 3학년
192cm
운동능력 좋음
수비전문?

와, 상호 방금 봤나? 탄력 X된다.
반신욕하는 표정으로 저만치 뛰네.

지금 또 차례 온다. 봐봐라.
WON JOONG

터엉

…
에이,
저 정도 덩크는
태성 햄도 하지.
못 한다 빙X야.
연습도 안 해본 걸
어예 하노?
JISANG
JISANG

저깟 거 연습할
필요 있나?
그냥 뒤로
뛰어서 처박으면
되지.
넘어져서
뒤통수 깨질까봐
무섭다고.
하, 점마나
함 봐봐라.

콰앙
#5
지국민 3학년
200cm
16세 대표팀
경험.
별로데...

국가대표 티셔츠 입고 온 거 봐라.
패고 싶다 진심.

오!

조재석이다.
#15 조재석☆
2학년
182~4cm
17세 대표팀
슈팅좋음.

재가 그렇게 잘함?
겉보기엔 평범해 보이는데.
니 국대 가드 조형석 모르나? 점마가 그 동생인데.
모름.

월클인 척 쫌
하지 마라.
역겨우니까.
아니 진짜
모름.
야.
뭘 쳐다보고
있어?
니들
할 거나 해.
네….
오래간만입니다,
감독님.
오랜만이다,
현성아.

……
불편

…원중고는
2미터 넘는 아가
두 명이나 되고
부럽습니다.
아무말
2미터 한 명도
없는 학교가
반은 넘는데…
요즘 아들 키가
저 때보다 커졌다는데
제 주변에는 와 이래
안 보이는지….

아니.
실제론 전혀
다르다.
한국 청소년들의
평균 신장은
3년 전 최대치를 찍고
현재는 밀리미터
단위로 작아졌지.
성장에 영향을 끼치는
유전적 요인과 영양 공급은
더 나아질 게 없는 상황에서
과도한 사교육과 스마트폰 사용,
전자오락 등으로 야외 활동과
운동을 할 시간이 사라진 것이
그 원인으로 꼽히고
있는 중이며…

아…
예….
여전하시구만…
고등학교 농구

기대하고
있을 테니까.

아무튼,
잘해봐라.

준수.

원중고에 대해서
알고 있는 거
다 얘기해봐라.
글쎄요….
누가
잘하고 못하는지는
말씀드릴 수 있는데
전술이 어떻고
이런 건 잘 몰라요.

전학 오고 코치진이
다 바뀌었다고
들어서.
애들 어떤지만
말해주면 된다.
전술 같은 건
어차피…

내가 잘
알고 있으니까.

감독님은
프로 때부터
별명으로 유명했지.

애들아,
한마디만 할게.

효율적으로
하자.
'계산기'라고.

대한에서
우뚝 솟은 우리
원중이여—!
원중의 정기를
서울 복판에
비추리라—!

원!
중!
아~ 아~ 드높은 원중의 이름—!
아~ 아~ 널리 떨치리라—!
유난 떨고 자빠졌네.
누가 조별 예선부터 응원단을 데려오노?
니들은 저런 거 신경 쓰지 말고 연습했던 거만 하래이.

볼 잡으면은
속공 찬스 먼저 보고,
없으면은 패턴 부르고,
패턴 안 되면은
뭐 하라 했노?
투맨게임이요.
오케이.

그리고
좋은 소식이
하나 있는데
저쪽에
주전 한 명이 부상으로
빠졌다.

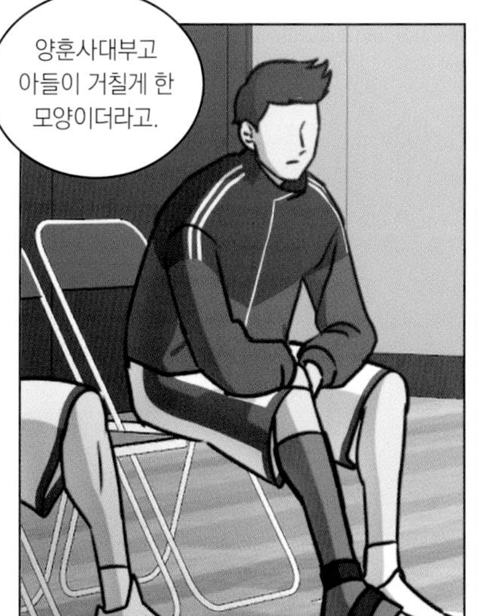
양훈사대부고
아들이 거칠게 한
모양이더라고.

조재석이도 코가
깨져서 조금은
신경 쓰일 테고.

덕분에
생각했던 거만큼
차이 나지는
않을 기다.
지더라도
준비한 거대로
해보고 뭐라도
배워서 다음 대회에
가져가야지.
예.

감독님,
'지더라도'라고요?
아직 게임 시작도
안 했다고요.

......
그래.
이겨보자고.
예!

'지더라도
열심히 하자.'
이런 뉘앙스의 말은
내도 하기 싫었는데…
이런 얘기라도
안 하면은

3학년 아들이
너무 힘이 안 날 거 같아갖고
어쩔 수가 없었다.

애초에 농구는
40분 동안 수십 번의
공격을 주고받아 쌓인
점수로 승패를 가르는
종목.
이변이 쉽게
일어날 수가
없는 구조다.

희차이 니한텐
미안하지만은 이 경기는
이길 수 있는
경기가 아이다.
내는 그냥

10 : 00
지상고 원중고
1
00 : 00
크게 지지 않는 게
목표다.

가뜩이나
분위기도 안 좋은데
이번 경기까지
왕창 깨져버리면은
그때는 진짜로
힘들어질 거
같거든.

니 오늘 표정이
와 그라노?
어제 꽤 잘돼서
오늘은 먼저 나올 줄
알았는데….
니 그거
감독님한테 밉보여서
그런 거라니까.
그러니까
양배추 얘길
왜 해가지고….
아…
그거 때문인가….

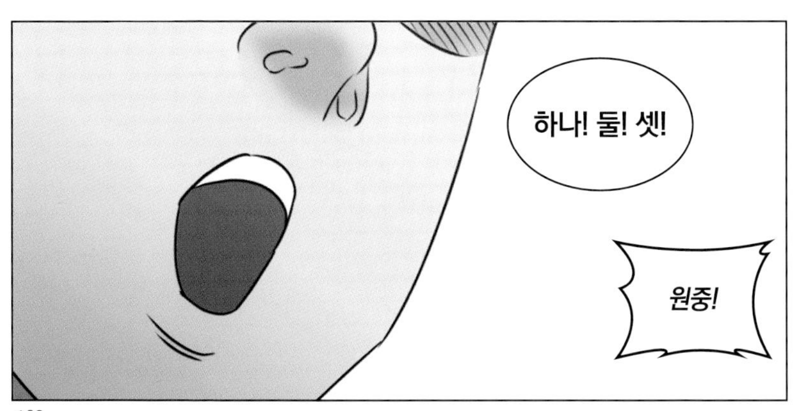
하나! 둘! 셋!
원중!

GO!
GO!

니들은 저런 파이팅 같은 거 안 하나?
쫌 해봐라.
파이팅 구호 같은 거 안 만들어놔서….

우리도
구호 있다.
뭔데?

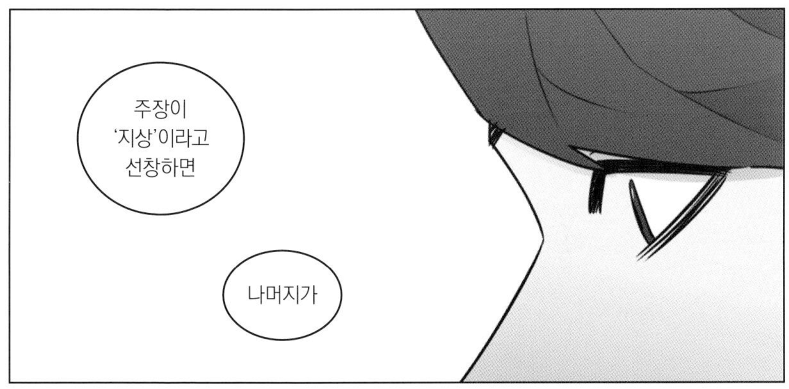
주장이
'지상'이라고
선창하면
나머지가

**'최강'이라고
하면 된다.**

지상…

최강…???

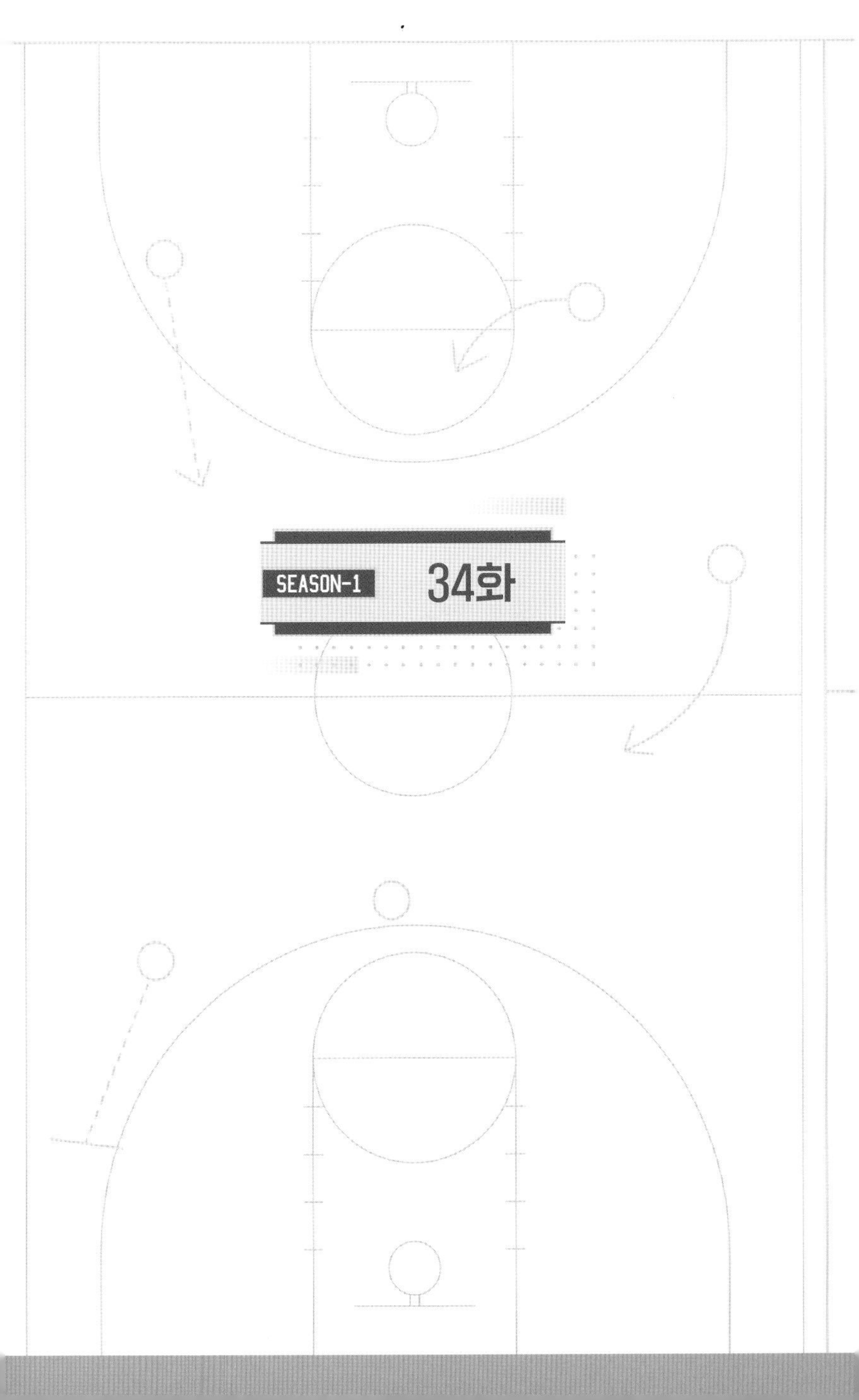

SEASON-1

34화

우…
우웩!
X나 짜치는데???
이거 형이 만들었죠?
내가 만든 거
아이다!

……

개멋짐.

와 그라노?
나름 재치 있고
좋은데?
준수 형!
선창해주세요!
…난 안 해.
하려면
니가 하든가.

그렇다면 제가
선창하겠습니다~!
다들 손
모으시고…

아 이거 쫌
아인데…
그냥 지상 파이팅
하면 안 되나?
손 아래로 내리는 거임?
아님 위로 올리는 거임?
아 대충 해
빨리.
JISANG
JISANG

빨리
나오세요!
지상!!!

파이팅.
최강! 최강!
아아아~~~

#8 3학년
박교진
198cm
#6 3학년
이희성
202cm

근데…
이거 누가
만들었더라?
기철인가?

협회장기 전국남녀중고농구대회
C조
지상고등학교
JISANG HIGH SCHOOL
WONJOONG
HIGH SCHOOL
지상고등학교 : 원중고등학교
0승 1패(조형고)
1승(양훈사대) 0패
WONJOONG

SANG
7

예상대로
초반부터 빡세게
나오는구만.

뭐…

재유가
알아서
잘하겠지.
JISANG

오.
쉽게
벗어나네.

지상고
4번 진재유.

31번 성준수와
함께 팀 득점의
대부분을 책임지면서
메인 볼 핸들러의
역할까지.

지상고에서
공을 가장 오래
잡고 있는 녀석이다.

그럼에도 불구하고,
올해 공식 경기 기록을
통해 계산해본 결과

*공을 가진 선수가 패스&드리블 미스, 규칙 위반 등으로 공격권을 빼앗기는 상황을 총칭.

꽤 괜찮은 포인트가드다.
05 : 30
상고 원중
1
7 : 11
하지만

우리에겐

고등부 최고의 포인트가드이자 슈터인

재석이가 있다.
WONJOONG
15
4

이거
들어갔다.
처억
텅
리바운드!

으앗…
……
쟨
뭐 하는 거야?
프레스할 생각은
안 하고…
학교 유희
풉!
방금 거 성공했으면
되게 멋있을 뻔했는데.
형도 들어갔다는
느낌 오면 저런 거
한번 해주면 안 돼요?
안 해.

4번 전영중.
인마는
어떻노?
얼마 전부터
주전으로 나오던데.

높이 뛰는 거
말곤 별거 없어요.

그렇게 말하기엔
기록상으론 3점슛이
꽤 괜찮거든.
시도 자체가
몇 번 없긴 했다만
저번 대회에서 3점 성공률이
35퍼센트가 나왔다.

제가 아는데
걔 슛은 확실히 별로예요.
분명 엄청 골라서
던졌을걸요?
그렇게 좋은
찬스만 골라서 던지면
저는 45퍼센트도
만들 수 있어요.
그래.
니 똥 굵다.

네?
아무 말도
아이다.

전영중….

어떻게
주전이 됐는지
모르겠지만

없어!
괜찮아! 저 녀석은 코너에서 약하니까….
예술의

나도 나름대로

명운여고 농구부
운동 좀
했거든.
00 : 00
지상고 원중고
1
18 : 22
나이스!

준수 형 오늘 컨디션
좋은데요!? 지금까지
3점 성공률 백 퍼센트!
하나 던지고
하나 넣은 거로
무슨….
뭐…
거짓말은
아니잖아요?
쩝

오, 1쿼터
끝났는데 4점 차!
지상고가 생각보다
잘 버티는데요?
31번은 오늘까지
슛감이 이어지려나봐요.
전국에서
슛 잘한다는 애들
다 모여 있는 원중고가
조재석부터 슛이
안 터지고 있으니 원….
하늘이 안 도와주려나보네
근데 뭐…
초반이니까
이런 거지
어차피 지상고 애들
힘 빠지기 시작하면
금세 차이 벌어질걸.

그건
그렇죠.
와,
뭐고 이거!?
꽤
할 만한데?
이러다
진짜 이기는 거
아이가?
농구부

근데…
준수 형은
평소보다 더 표정이
안 좋은데?

아무래도 원래
다니던 학교라 쪼금은
신경 쓰이는갑제?

오늘 경기는
이길 수 없겠지만

WONJOONG
4
저 녀석들
상대로

30점은
넣어주겠어.
교통과 예술의 중심도

얘들아,
이기고 있는데
표정이 왜들 그래?

조바심 내지 마.
무난하게
이길 거니까.
예.

그런데…

6번은 왜
안 나오는 거지?

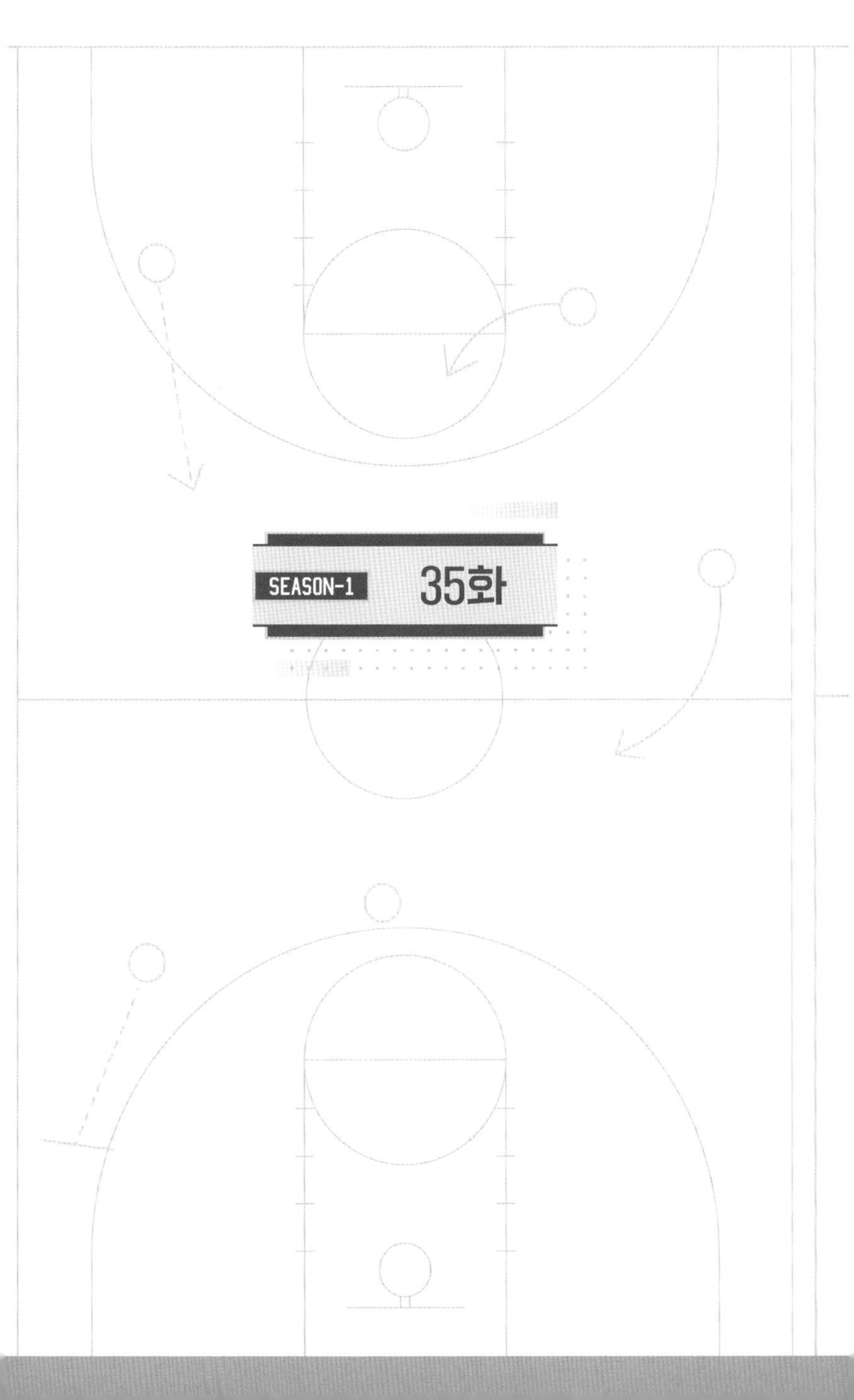

SEASON-1 35화

GARBAGE TIME

……

감독님!
분위기도 좋은데 조형고랑 양훈사대 경기 결과 알려주시면 안 돼요?
모른다.
그렇게 꽁꽁 숨기시면 조형고가 이긴 거 너무 티 나잖아요….
니들이 그래 생각할까봐 내도 안 봤다고.

그 경기 결과가
어떻든 간에 우리가
해야 할 건 변함이
없다.
점수
따라잡는 거만
생각하라고.
알겠제?
JISANG
13

예.

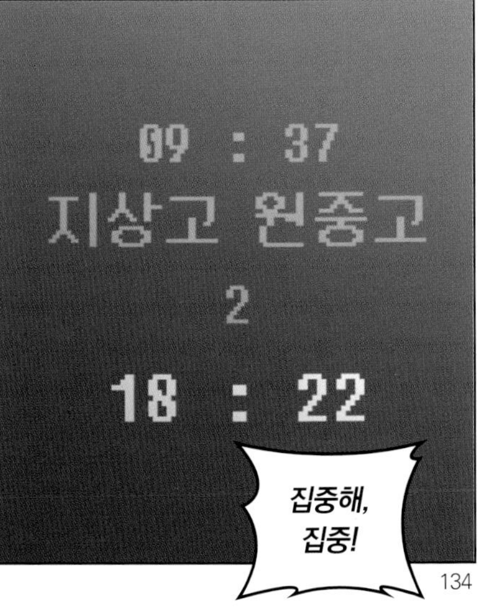
09 : 37
지상고 원중고
2
18 : 22
집중해,
집중!

숯이 안 터지면
수비로 흐름
가져오면 돼!
얼른 차이 벌려서
다른 애들 뛸 시간도
만들어주자고!
기합 넣고
가자!
네!
오케이!

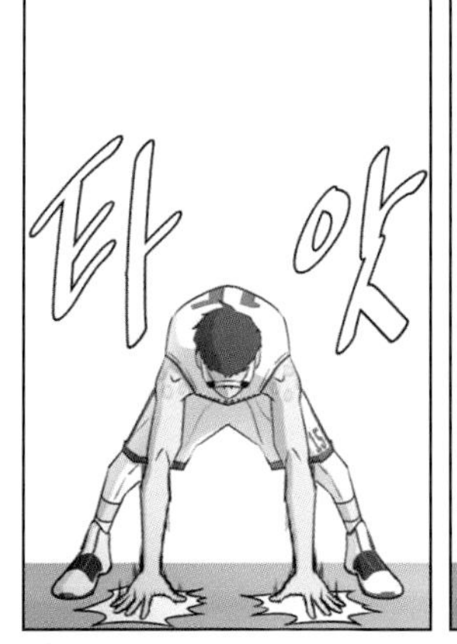
파 앗

탁

파닥

디펜스!
WONJOONG
15

탁

리바!

오케이!

바로 던져요!

탁

속공 3점!?

15
JISANG
4

슛 동작이
빨라…!

들어갔다!
이번엔 진짜!

09 : 17
지상고 원중고
2
18 : 25

영점이
뭔 줄은 아나?
미필새…
계속
압박해!
여기!

파앗
잘랐다!

헤이! 헤이!

탁

쉭
JISANG
23
5

리바운드!

WONJOONG
6
나이스!

형! 여기!
공 돌려요!
JISAN
MONJOONG
15

슈
탁

자, 이번엔
천천히…

어?

뭐야?
왜 8초데???

샷클락 리셋이
안 된 거 같아요!

……
과성여중 농구
중고농구대회

아이씨….
JISANG
의 행복도시

휙

…!

말도 안 돼!!!
하프라인 바로 앞에서 던진 게 그대로 들어갔어!
연속 3점슛!

후—읍

푸후우우우우~
니들은
이런 거
따라 하지 마라.
상고
2
18 : 28
ONJOONG
15

저 짜슥이…
아까부터
깝죽대는 거 X나
꼴 보기 싫네….
마! 10점 차다 벌써!
집중들 하래이!
정신줄 안 잡으면
확 벌어진다고!

핑
리바운드!

오케이!

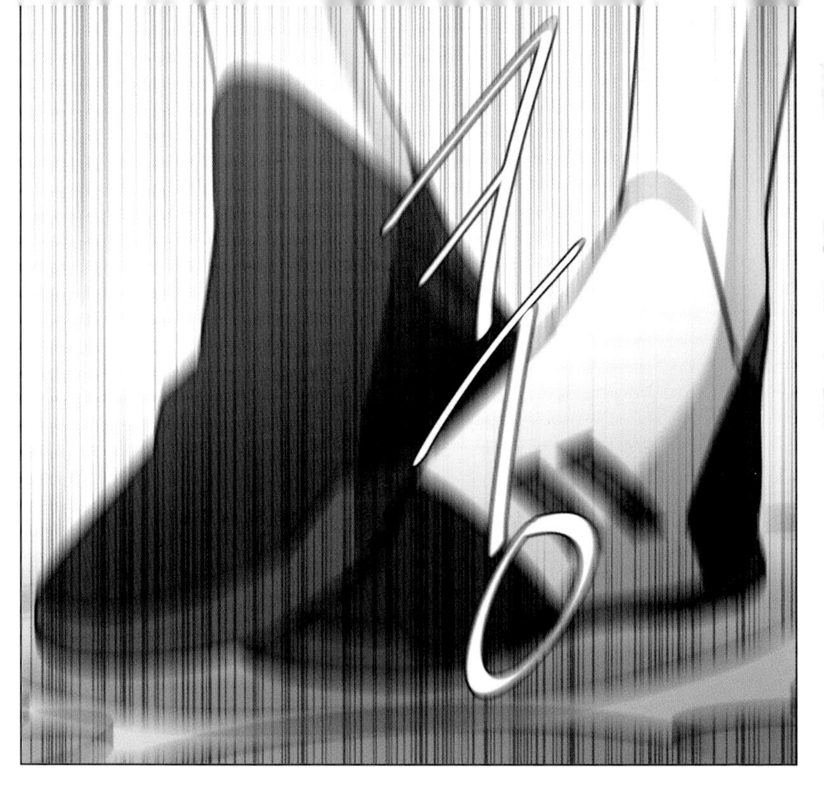

끄윽…!

헉…!
태성 햄!!!
UISANG
23

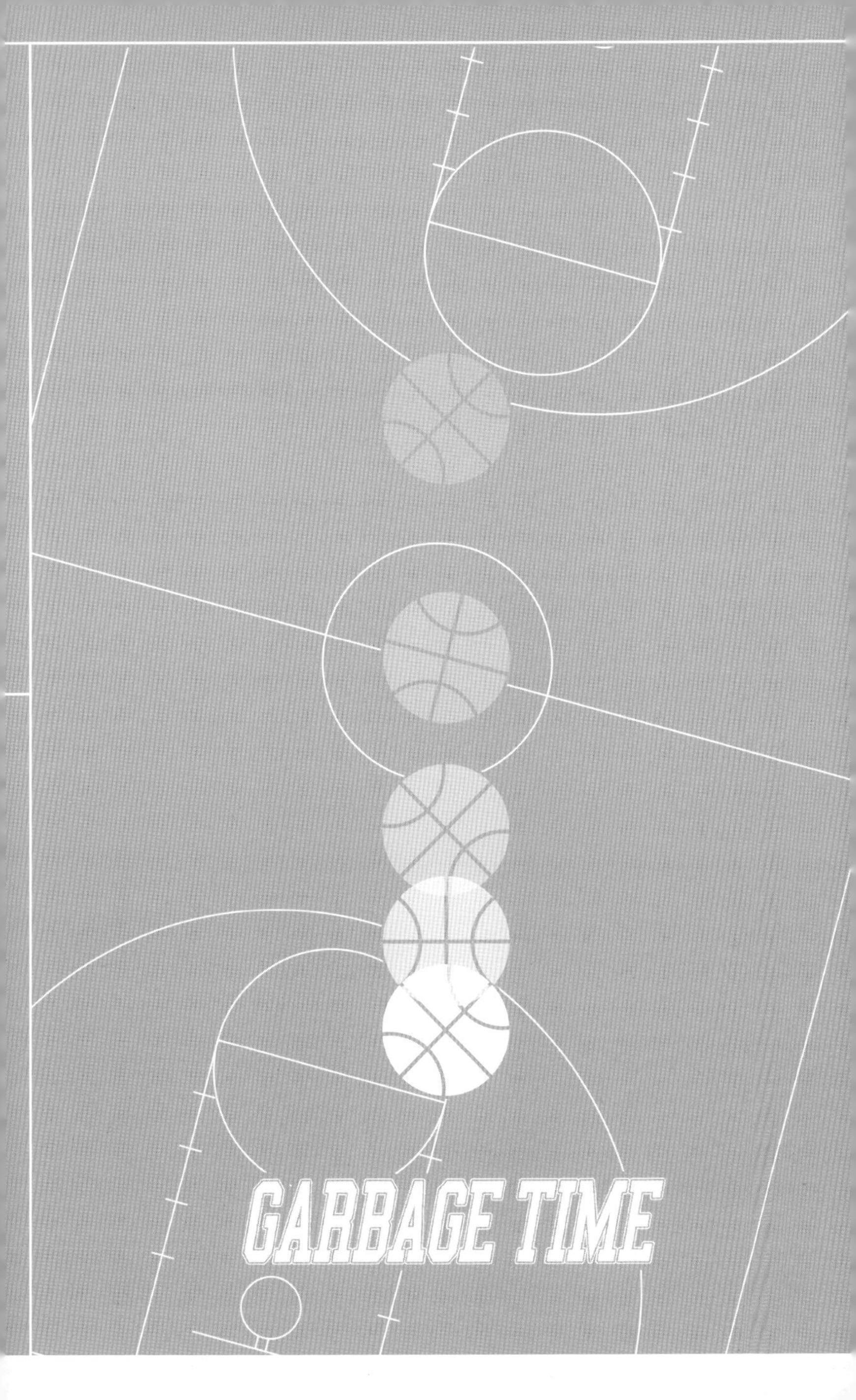
GARBAGE TIME

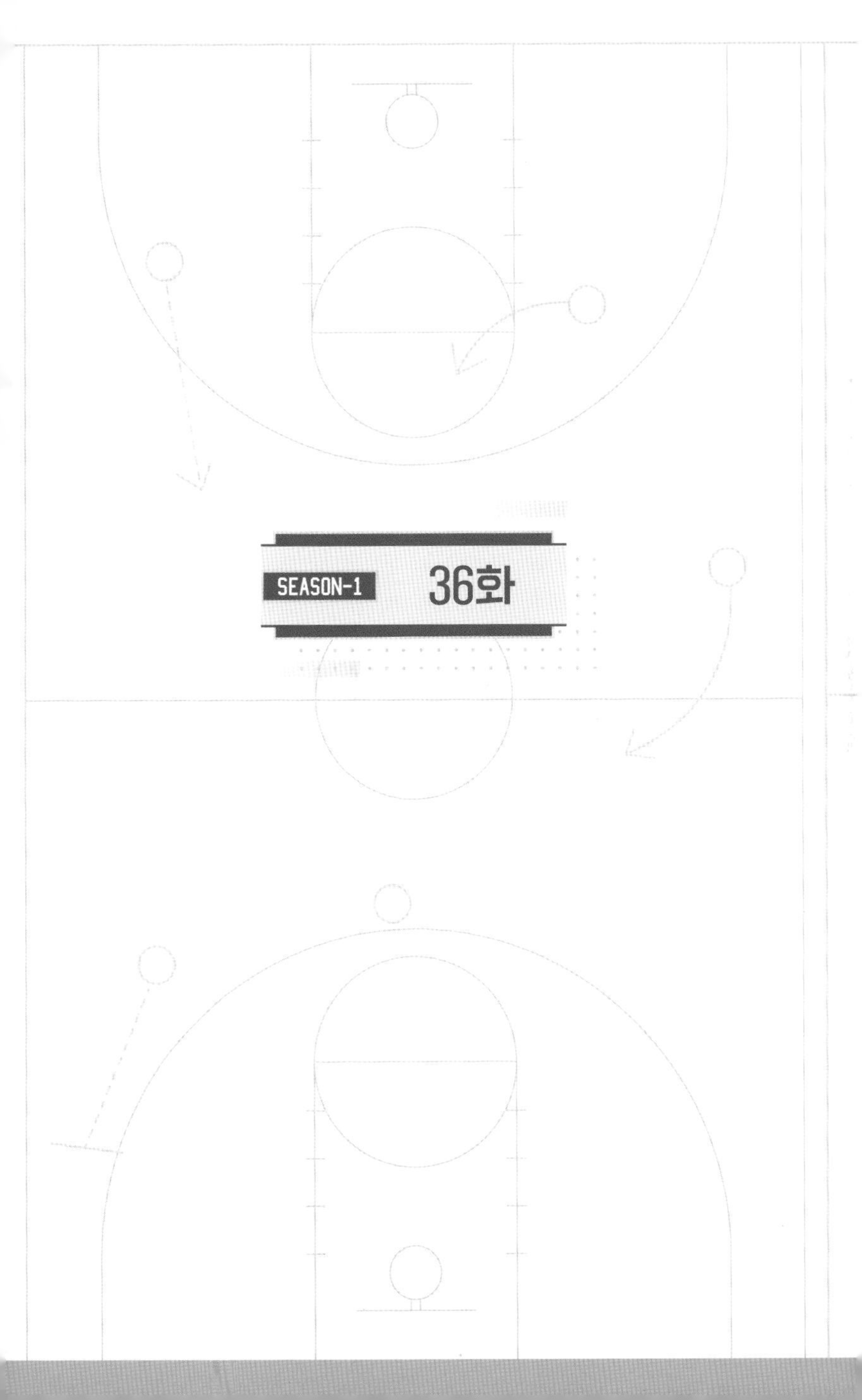

SEASON-1 36화

GARBAGE TIME

햄! 괜찮나!?
괜찮다.
쫌 욱신거리긴 한데

근데
내보단…

점마가 더
아파 보이는데.

감독님!
못 될 거
같아요!
……
교체하자.

하씨…
촌놈 X끼들 또 시작이네.

마, 니 뭐라 했노?
아 햄! 하지 마라!

인간적으로 더럽게 발 집어넣고 그러진 말자.
실력이 없으면 매너라도 있어야지.
의료지원

뭐라노 쥐X만 한 X이.
발 일부러 넣는 게 더 어렵겠다

구부
뭐?
야,
미쳤냐?
야 야,
그만해.

쟤가 저한테
쌍욕 하는데요?
테크니컬 좀 주세요.
아무 말도
안 했는데요?
왜 거짓말하지?

저 X끼
뭐야?
우~~~!!!
너 코트 밖에서
만나면 뒤질
준비해라.
야, 니가 좀 참아.
쟤 원래 좀
이상하니까.

지상고 원중고
2
20 : 30

전영중…
너한텐 절대 안 먹힌다.

시

WONJOONG
4
탁
삐익

지상고 X끼들
X나 더럽게 하네.
와 개
아프겠다.
영중아!
괜찮아!?

괜찮아,
괜찮아.
아으...
야, 준수야.
이거 너무
위험하잖아!
야, 미안하다.
공만 치려고
했어 진짜로.

하, 전학 가더니
존놈들이랑
똑같아졌네.

뭐?

야, 다시
말해봐.
됐어,
그만해 너도.

하씨…
저 X끼들이
양훈 애들보다
더해.
하여간 촌놈 X끼들
실력 후달리니까
더럽게 하는 건
똑같네.
감정적으로
대하지 마.
경기 망친다.

더럽게 하는
놈들한텐

우리도 똑같이
지저분하게
해주자고.

아 맞다,
영중아.

지상고 원중고
2
22 : 34

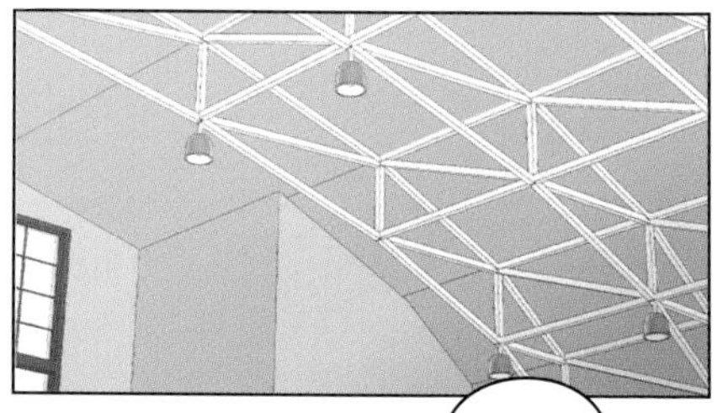

못 본 사이
얼마나 늘었을지
궁금했는데
별로 변한 게
없는 거 같다?
하, 헛소리
씨부리는 건 너도
변함이 없네.
속 보인다,
속 보여.

아까 파울은
미안했어.
근데 절대
의도한 거 아냐.
JISANG
31

아무튼
잘 좀 해봐.

거기 가더니
재첩국만
먹어서 힘이
안 나나봐?
아니면 니네
팀 애들 따라
하향평준화된 거야?

하,
펄쩍거리는 거 말고 아무것도 없는 X끼가.

공 줘!!!
탁

멈칫

JISANG
31

3점!

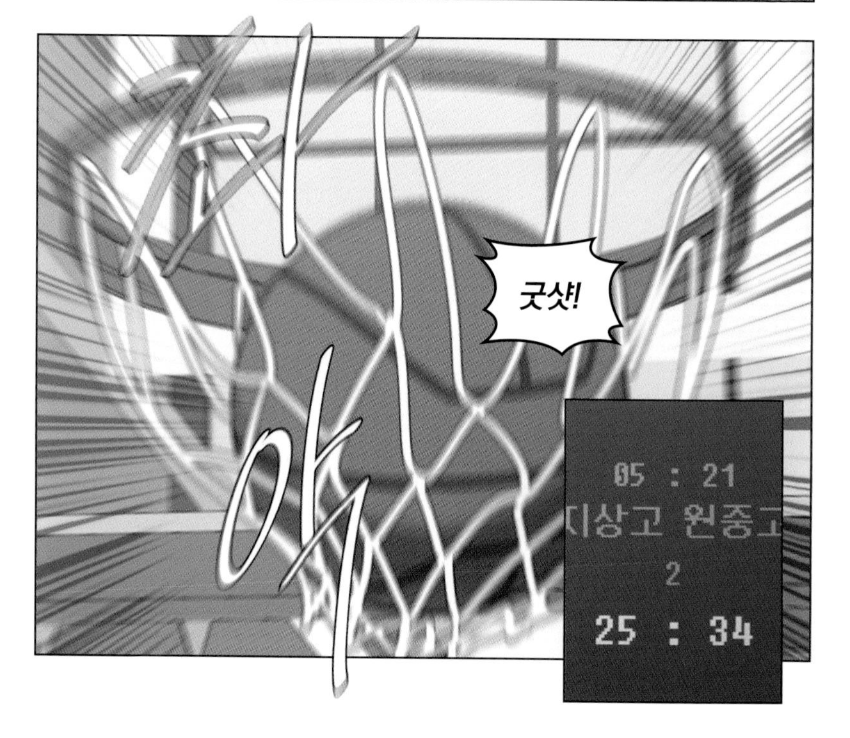
굿샷!
05 : 21
지상고 원중고
2
25 : 34

아무것도
아닌 주제에.
흥

내가 여기서
뛴다고
저 멍청한
놈들이랑 나랑

똑같은
줄 알아?
흠~
교진아.
역시
니 말이
맞는 거 같다.

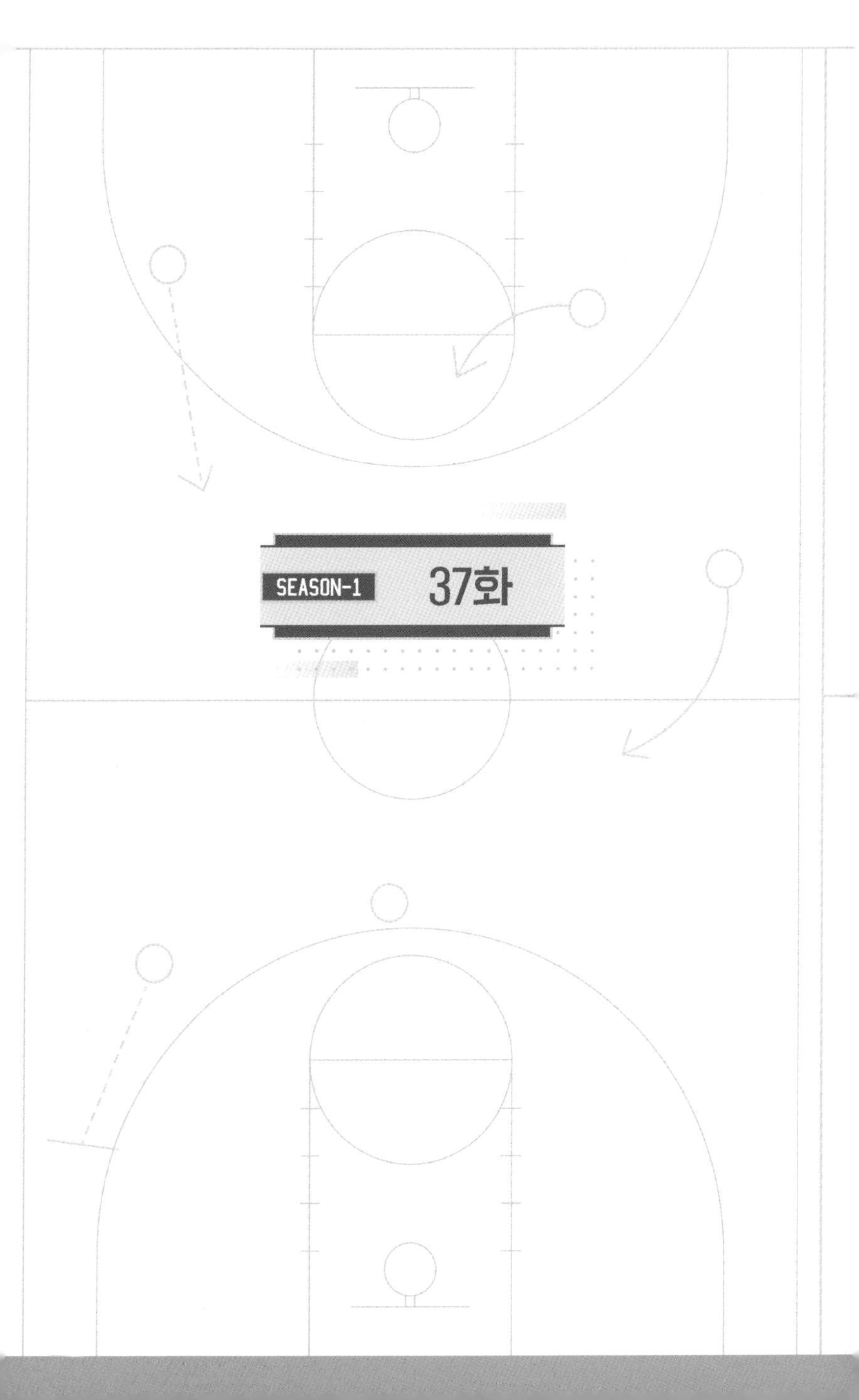

SEASON-1 37화

GARBAGE TIME

기내초등학
4-1

얘들아!
이 반 짱이
누구냐?
?
너가
짱이야?
일어나봐.

야, 너
학교 끝나고
체육관으로
와라.

안 오면
혼날 줄 알아!
스탁

준수 너 어떡해?
너 저번에 6학년
때렸다고 잡혀가는
거 아냐?
저 사람들
형사 같은데….
탁

PC
방

어때?
재밌지?
네!

얘들아,
농구부 들면 맨날
이렇게 게임하고
공놀이만 할 수 있어!
게다가 방학
숙제도 안 해도 돼!
완전 좋지?
그럼 저희
나중에 농구 선수
되는 거예요?
우와,
짱이다!
당연하지!
운동선수
완전 멋있잖아!
인기도 많고
돈도 잘 벌고.
너희도 그렇게
되는 거야!
그러니까…
내일까지
여기에 부모님
싸인 받아서 오면
되는 거야.
알겠지?
네!

엄마가
운동하는 거
힘들다던데.
야 인마!
세상에 운동만
힘드냐?
할 줄도
모르고…
모든 일이 다
각자의 어려움이
있는 거야!
농구 별로
재미도 없던데…
축구부면
생각해봤을
텐데….
야 인마,
그건 니가 아직
농구의 매력을
몰라서 그래.
잠깐 비켜봐봐,
내가 멋있는 거
보여줄 테니까.

어디 보자…
딸깍
딸깍
자, 봐봐.
그때 본 건
흔히
티맥타임이라 불리는
경기 영상이었다.
지고 있는 팀이
왜 일부러 반칙을
하는 거예요?
시간을 못 끌게
하려고 파울 작전을
하는 거야.
파울을 해서 자유투를
던지게 한 다음 리바운드를
잡는 방식으로 공격권을
빨리 가져오는 거지.
시간이 없으니까.
좀 복잡해.
나중엔 다 알게
될 거야.
근데 이렇게
두 개씩 다
넣으면…
맞아.
3점슛을 넣어야만
점수를 좁힐 수 있지.

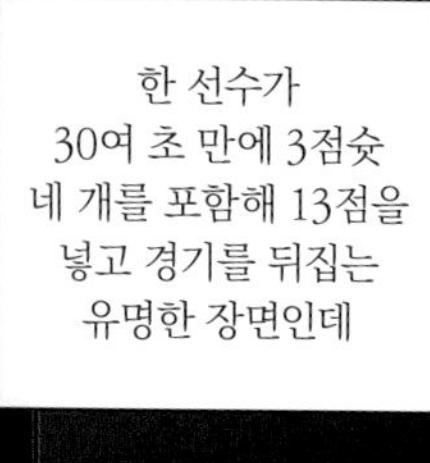
한 선수가
30여 초 만에 3점슛
네 개를 포함해 13점을
넣고 경기를 뒤집는
유명한 장면인데

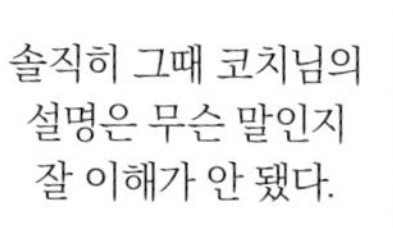
솔직히 그때 코치님의
설명은 무슨 말인지
잘 이해가 안 됐다.

그냥
멀리서 슛을 계속 넣어서
승부가 뒤집히는 게
멋지다고 생각했고

그게
나였으면 좋겠다는
생각이 들었다.

유명한 선수들에겐
각자의 시간이 있다.
30여 초 동안
13점을 넣은
티맥타임
9초 동안
8점을 넣은
밀러타임.
나도
나만의 시간을
만들어야지.

기내초등학교,
기내중학교.
명문 원중고로
향하는 연계 학교
일직선 코스.
중학교 때까진
아무 생각
없었는데
여기 와선
슬슬 위기감이
생기기 시작한다.
너 어디서
왔어?
대전이요
전국에서 날리던
중학생들이
여기로 모이기
시작하니까.

모두가
서울에 오길
원한다.

必死卽生 늑대정신

높은 성적

높은 진학률

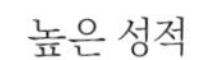

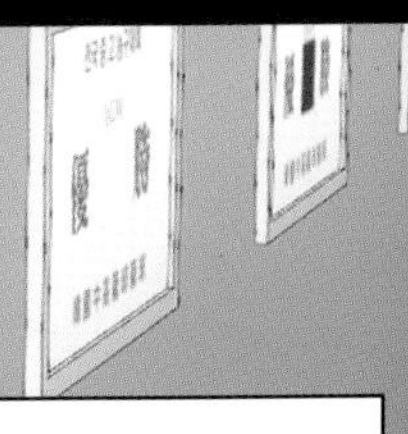

근처의 수준 높은
대학 팀들과
한 달에 스무 번
정도의 연습 경기까지.

이것들이
좋은 신입생들을
부르고

다시 좋은
성적을 만든다.

파울 작전이
얼마나 어려운
것인지

3점슛을 네 개
연속으로 넣는 것이
얼마나 어려운 것인지

잘하는 애들이
너무 많이 와서
3학년이 되어도
출전 시간을 가지기
힘들 거라는 이유를
말씀하시면서
우리에게 전학을
권유하셨다.
초등학교 때
함께 농구를 시작한
우리 네 명은 이렇게
뿔뿔이 흩어지게 됐다.

키가 크지 않아
고민하던 영민이는
난 그냥
공부나 할래.
솔직히 언젠간
이렇게 될 줄
알았어.
그냥 모른 척
한 거뿐이지.
농구를 그만두기로
결정했다.
운동신경이
전혀 없던 훈이는
몰라.
농구 안 하면
이제 뭐 하지?
어떻게 됐는지
모르겠다.
나는
어딜 가는 게
좋을지
알아봐야지 뭐.
전학을
결심했다.

그리고
영중이는

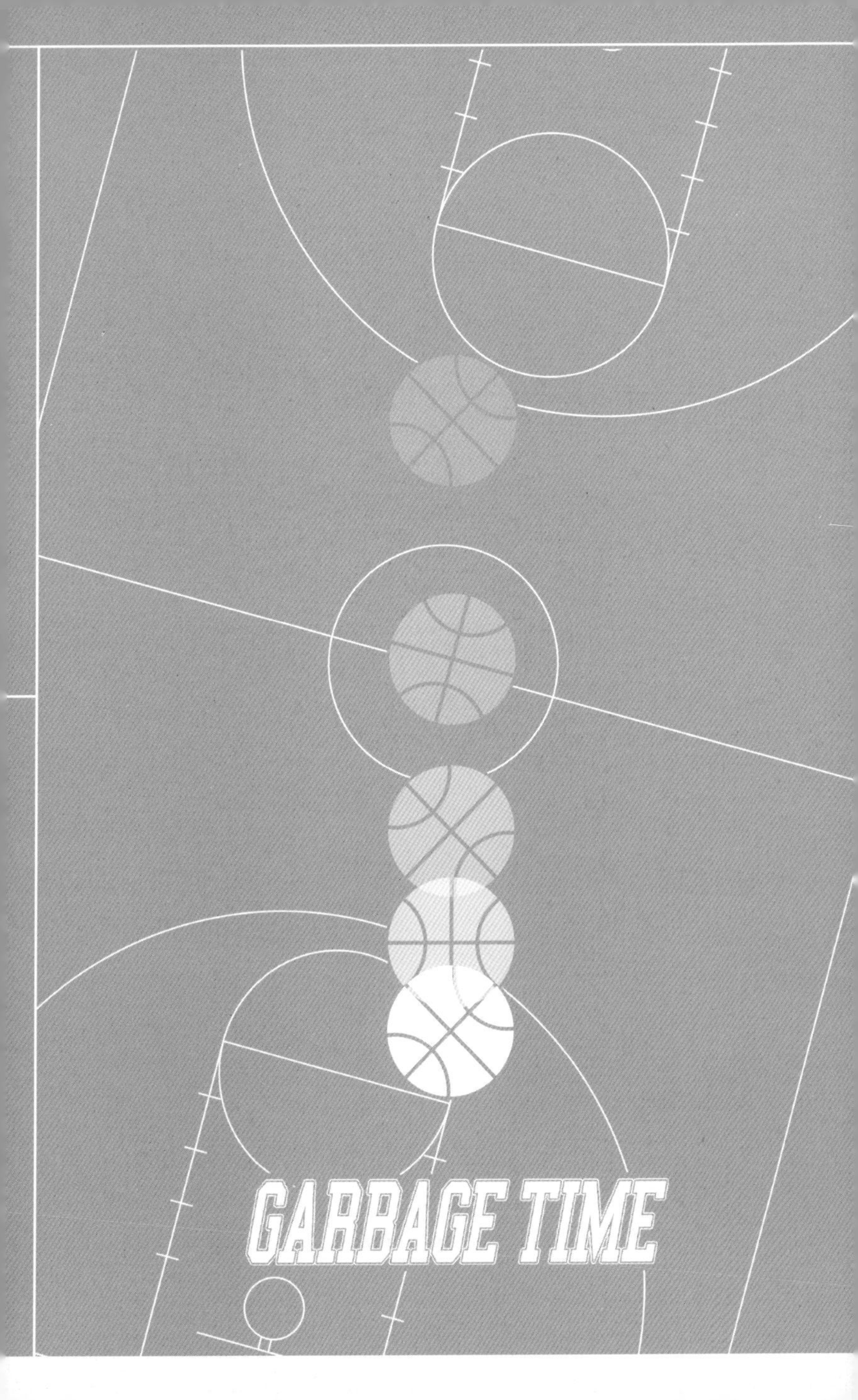
GARBAGE TIME

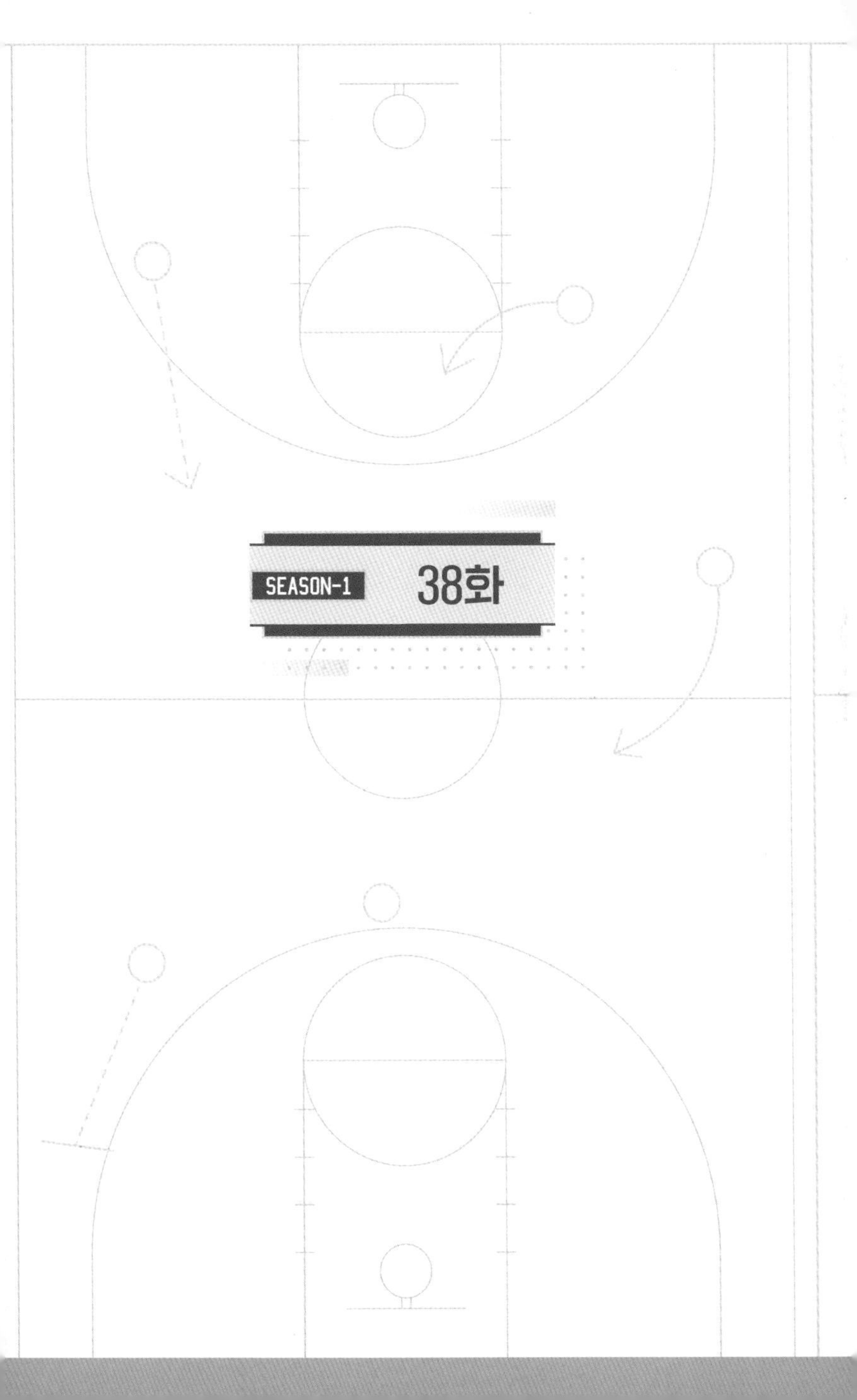
SEASON-1
38화

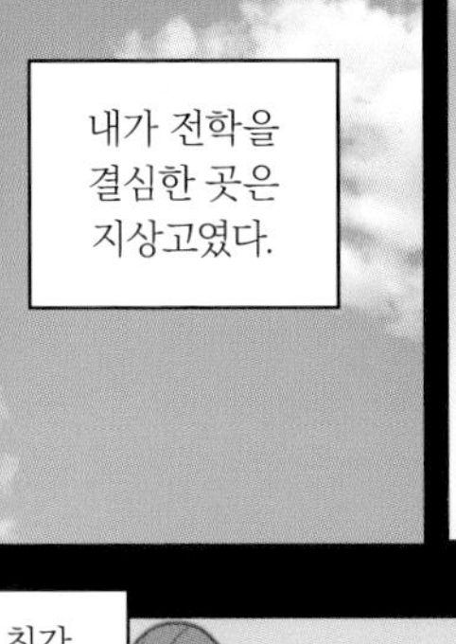
내가 전학을
결심한 곳은
지상고였다.
지상고는
그때도 강한 팀은
아니었고

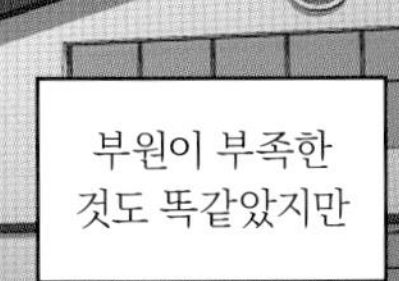
부원이 부족한
것도 똑같았지만

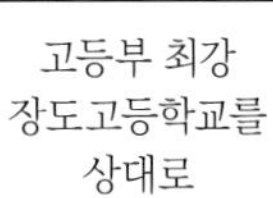
고등부 최강
장도고등학교를
상대로

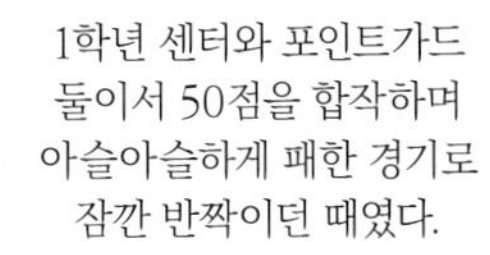
1학년 센터와 포인트가드
둘이서 50점을 합작하며
아슬아슬하게 패한 경기로
잠깐 반짝이던 때였다.

11
전학 규정 때문에
1년간 연맹이 주관하는
대회에 출전할 수 없게
됐지만 상관없었다.

1년이 지나
출전 정지가 풀리고
그 두 명에 외곽 슈터인
내가 더해진다면
3학년이 됐을 땐
분명 좋은 성적이
날 거라고
생각했으니까.

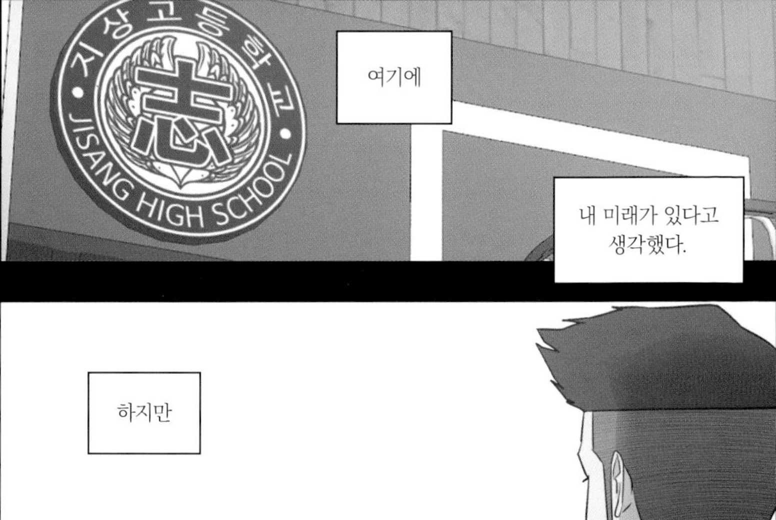

하지만

얼마 뒤
그 녀석은 서울로
전학을 가버렸다.

여기 있기엔
재능이 너무
컸던 거지.

모든 게
꼬이기 시작했다.

재유 혼자
고군분투했지만
성적은
나지 않았고

결국 다음 해엔
신입생이 한 명도
오지 않았다.
겨우겨우
데려온 건

너 농구
얼마나 했어?

이 X끼
안 해봤는데요?

그리고
이 XX끼
저희 동네
길거리 농구 대회
우승했어요.

공태성
어디 갔어?
오늘
안 왔어요.
뭐?
실력도 없고
의지도 없는
쓰레기들.

제발

JISAN
방해만
하지 말아라.

줘!

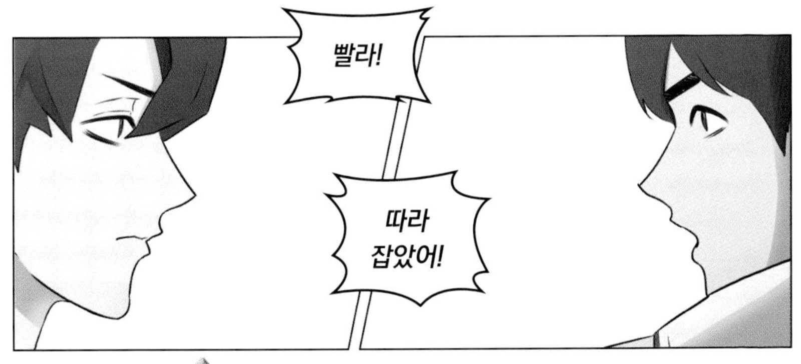
빨라!
따라 잡았어!

제쳤다!

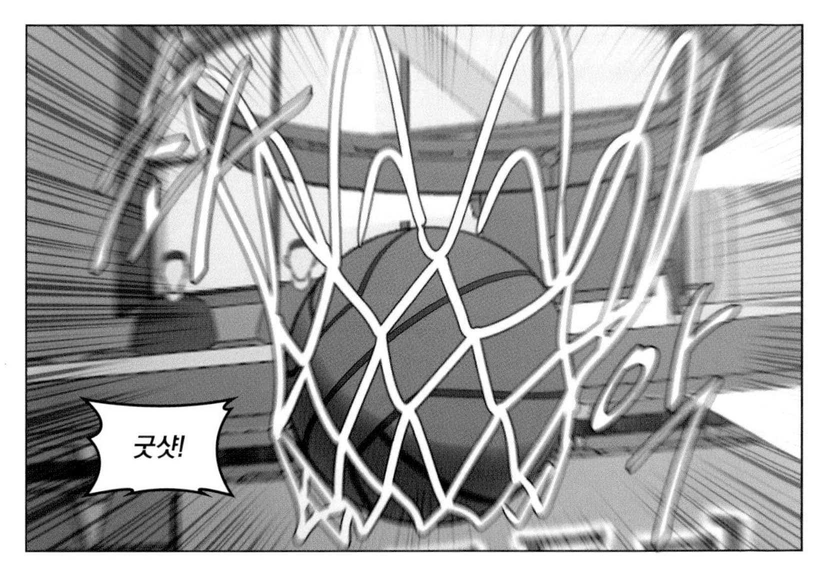
굿샷!

뭐야?

노카운트?
왜?

일리걸
스크린이야!
태성아!
파울 세 개째다!
사려야 돼, 이제!

아 쓰…
어차피 제꼈는데
뒤늦게 스크린은
왜 해!?
패턴 실패하면
이 대 이 하라고
해서….

농구 할 줄도
모르면서 나대지
말고 짜져 있어!
……
너랑 이 대 이 하는
거보다 일대일이 더
나으니까!
하 씨….

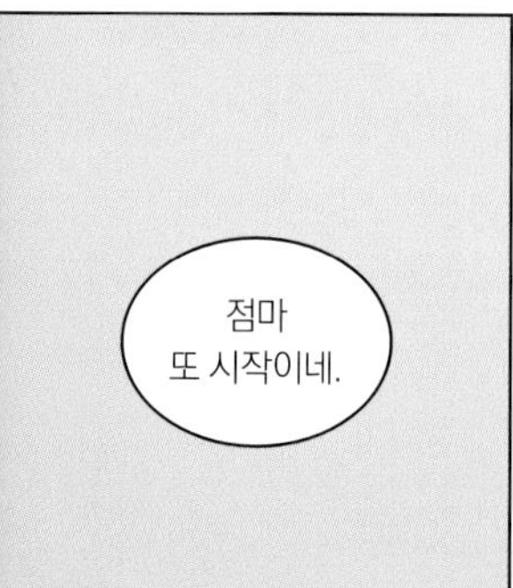
점마
또 시작이네.

마! 준수!
내가 경기 중에
성질 내지 마라고
했나 안 했나!?
지원

마!
대답 안 하나!?
……
마!

대답
했어요!

저 X끼가
진짜….

마, 준수
패턴 끝나면
약속한 대로
이 대 이로 하자.
괜히
감독님 성질
건들지 말고.

03 : 41
지상고 원중고
1
27 : 39

교진아,
여기!
나 한번만
줘!

사랑과
슈
탁
USANG

뭐야?

득점력도
없는 주제에
일대일을
하겠다고?

파앗

03 : 25

상고 원중

2

27 : 42

준수야.
그렇게 멀리 서 있으면

계속 처맞는다?

정신
차리자!
정확하게
하나만!

탁

3점!
빠
앗

무리하지 마라!
늦었다!

JISANG

공 잡아!

나이스!

갇혔다!

망할,
어떻게….

샤클락
바이얼레이션!

아니, 시계도
모자란데 니가
대충 떤져야지.
시계 볼 겨를이
없었다고요.
미리
확인해야지.

아이씨…
준수 점마는
눈 돌아가서
내 얘긴 하나도
안 듣고
나머지도
되는 게 하나도
없네.

……
내가 직접
해결해야 돼.

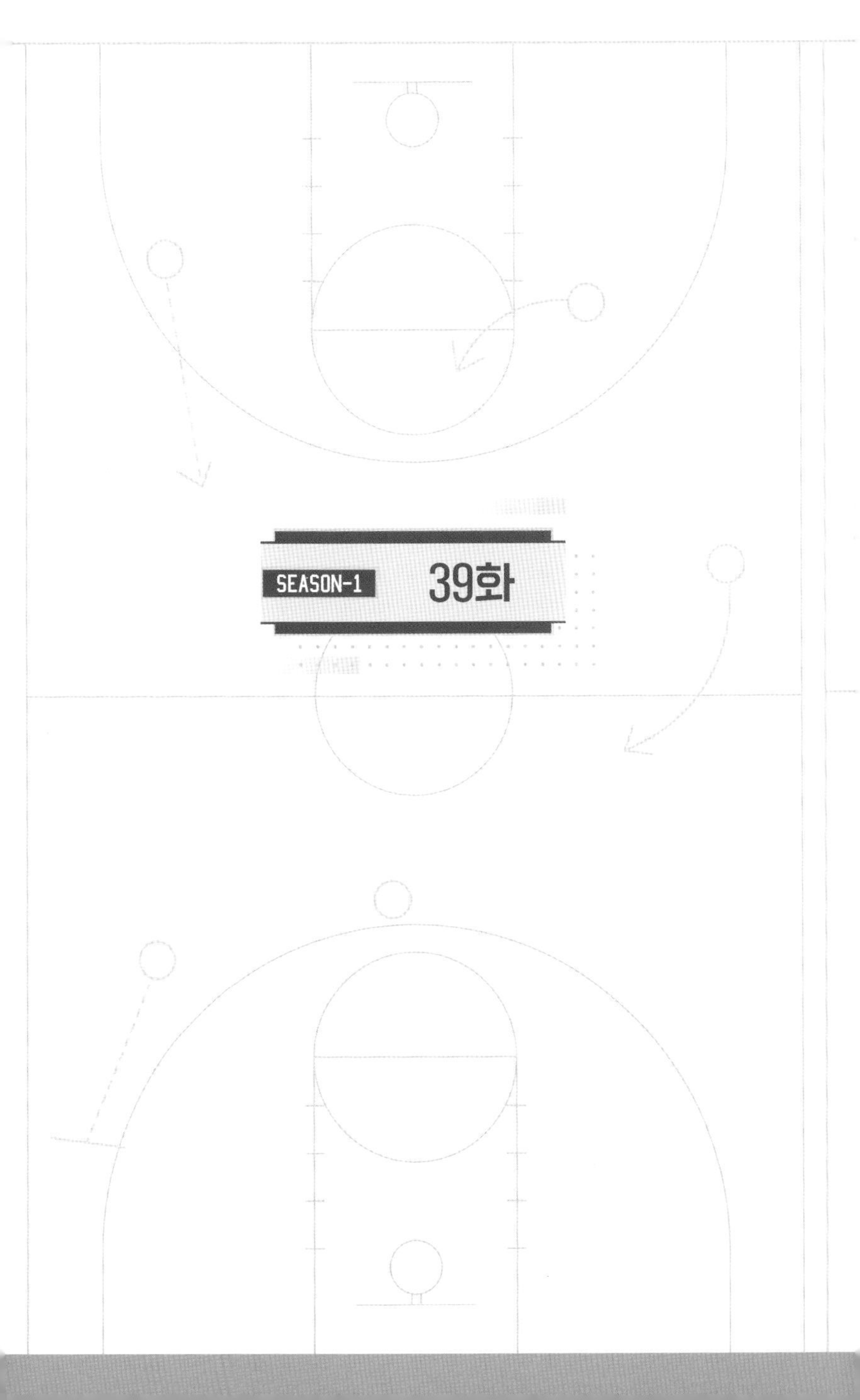

SEASON-1

39화

GARBAGE TIME

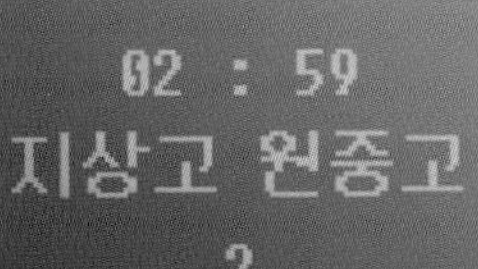
02 : 59
지상고 원종고
2
27 : 44

조재석…
확실히 공격력은 좋지만
별로 빠르지도 않고 수비도 그닥.
JISANG
4

충분히 이길 수 있다.

일대일?

의 행복도시
점마는 또
와 저러노?

흔들

스탭백!

점퍼!

굿샷!
02 : 49
상고 원중
2
29 : 44
오케이!
생각한 대로다.

뭐
패턴
부르라니까
지상고 4번
재주가 좋은데요?
왜지?
괜찮았는데.
근데 지상고
감독님은 못마땅한
눈치네요.
글쎄.
뭐, 자기들끼리
약속한 게
있나보지.

자, 자.
빠르게
갑시다!

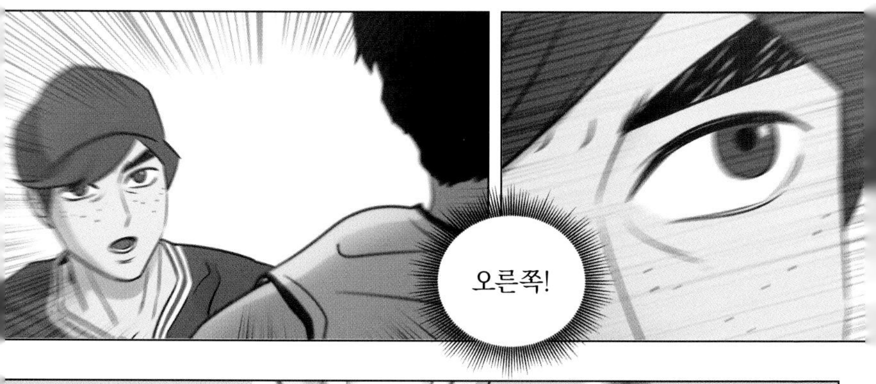
오른쪽!

*드리블 도중 멈춰 던지는 점프슛.

으아아악!!!
손에…!
WONJOONG
15
손에 불이 붙었나봐!
너무 뜨거워!!!

짜증 나…

저래 막 떤지는데 대체 어예 드가는 거고?
타고나는 거지 뭐. 평생 동안 농구 해도 자유투 50퍼 안 되는 선수도 있는데.

너 이 짜식!
나의 피나는 노력의 결과를 함부로 평가하지 마라.
나처럼 슛을 잘하고 싶다면 하루에 천팔십 개씩 던져보라고.
WONJOONG
15

천 개는 천 개지
천팔십은 뭐고?
그것은
일심을 회복하고
번뇌를 해소하기
위함이니라.

뭐라노
빙X 같은 게…

지상고 4번은
확실히 좋은
가드지만

우리 재석이한텐
안 되지.

4번은 약점이
명확해.

작다.

신장은 많이
쳐줘야 175 정도?
물론 신장이 부족해도
공격은 얼마든지
잘할 수 있어.
4번처럼 핸들링이
좋다든지, 슈팅이
최고 수준이라든지,
아니면 발이 아주 빠르든지
하면 말이야.
하지만 절대로
극복할 수 없는 것은

디펜스.

造形
패스는 머리 위를
쉽게 넘어가고

체중이 적게 나가는
탓에 몸싸움을
하기에도 불리해.

WONJOONG
겨우겨우
따라붙어 슈터에게
컨테스트해봤자

심리적으로
위협이 되지
않는다.

정상적인 수비가 힘든
4번이 할 수 있는 건
결국
기습적으로
공을 빼앗는 것뿐.

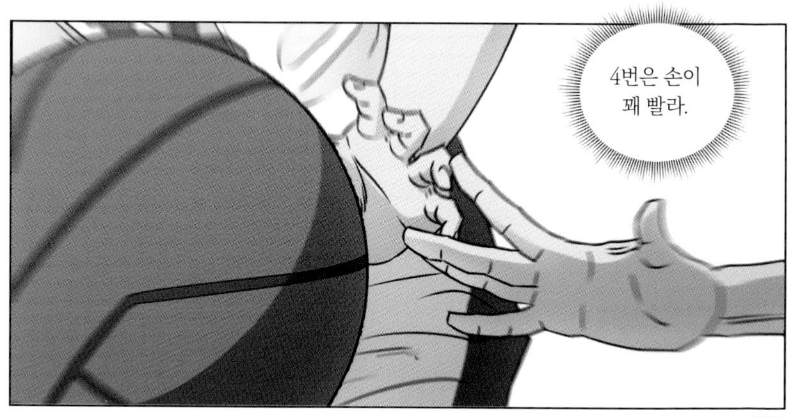
4번은 손이
꽤 빨라.

올해 공식 경기
기록을 종합한 결과
경기당 평균
3.4개의 스틸을
기록했다.

하지만
스틸 숫자가 그대로
수비력을 의미한다고
볼 순 없지.
스틸 시도라는 건
결국

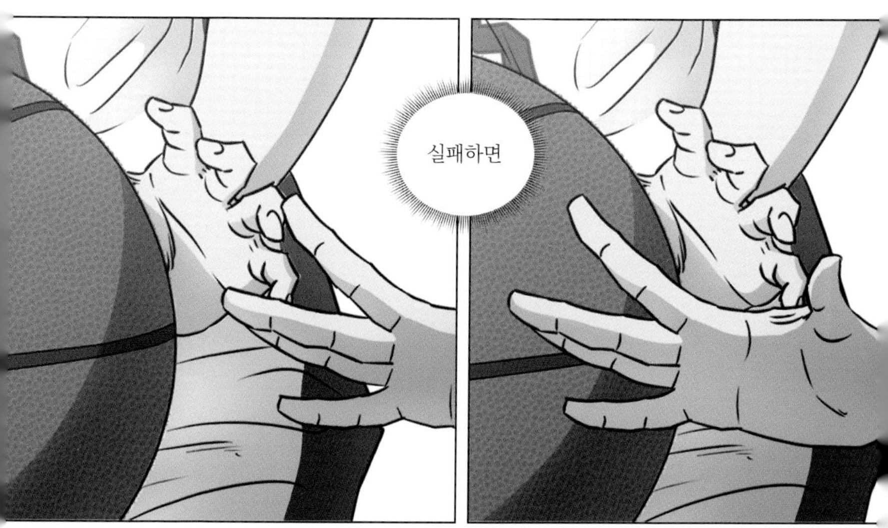
실패하면

타앗
상대의 찬스로 이어져.

완전히 도박이다.

00 : 04

00 : 02
지상고 원중고

00 : 00
지상고 원중고
2
31 : 53

2쿼터
종료

5권에서 계속

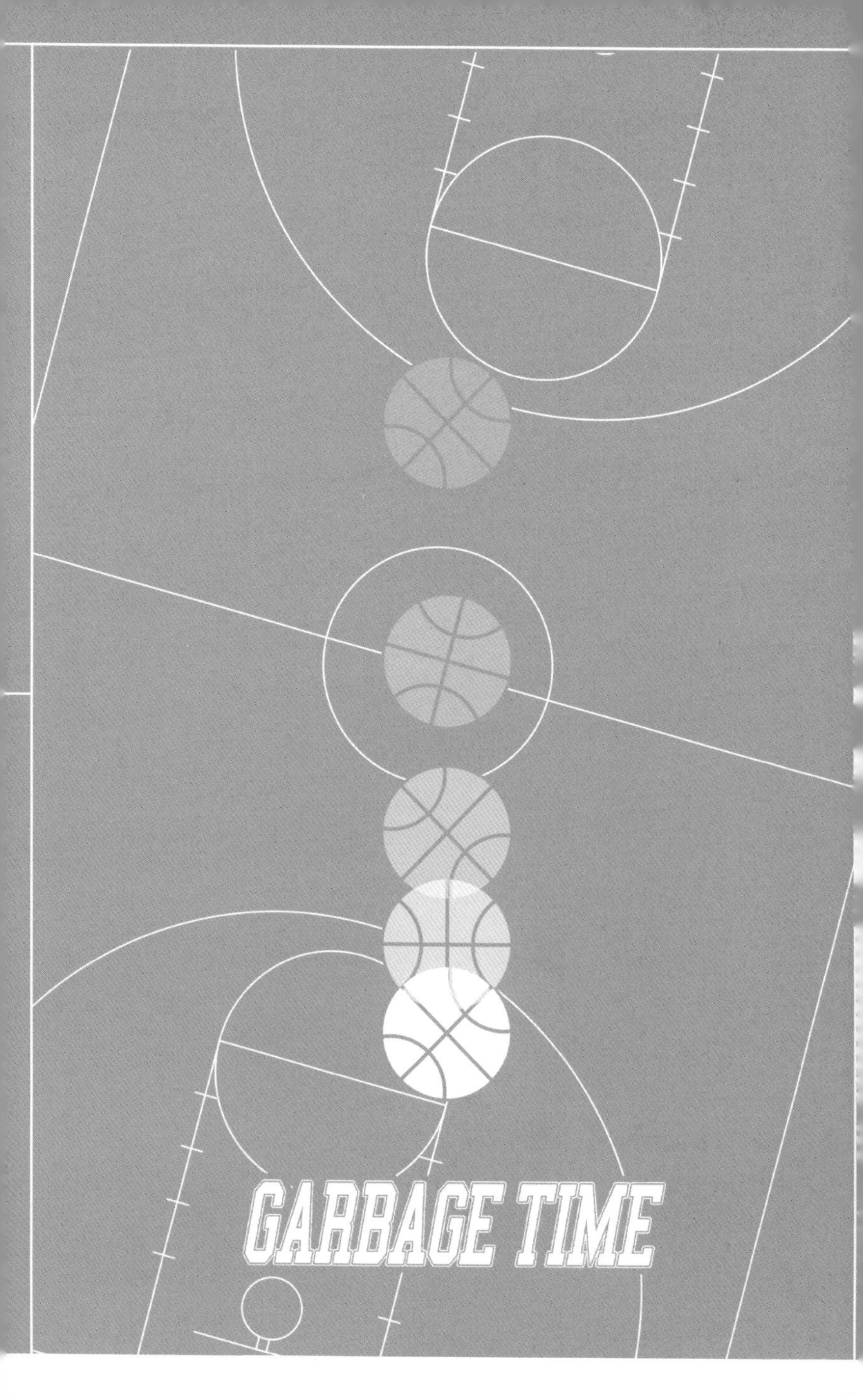
GARBAGE TIME

GARBAGE TIME

가비지타임 4

초판 1쇄 인쇄 2023년 6월 2일
초판 1쇄 발행 2023년 6월 28일

지은이 2사장
펴낸이 김선식

경영총괄 김은영
제품개발 정예현, 윤세미 **디자인** 정예현
엔터테인먼트사업본부장 서대진
웹소설1팀 최수아, 김현미, 심미리, 여인우, 장기호
웹소설2팀 윤보라, 이연수, 주소영, 주은영
웹툰팀 이주연, 김호애, 변지호, 윤수정, 임지은, 채수아
IP제품팀 윤세미, 신효정, 정예현
디지털마케팅팀 김국현, 김희정, 이소영, 송임선, 신혜인
디자인팀 김선민, 김그린
해외사업파트 최하은
저작권팀 한승빈, 이슬
재무관리팀 하미선, 김재경, 안혜선, 윤이경, 이보람 **제작관리팀** 이소현, 김소영, 김진경, 양지환, 이지우, 최완규
인사총무팀 강미숙, 김혜진, 박예찬, 지석배, 황종원 **물류관리팀** 김형기, 김선진, 양문현, 전태연, 전태환, 최창우, 한유현
외부스태프 정예지(본문조판)

펴낸곳 다산북스 **출판등록** 2005년 12월 23일 제313-2005-00277호
주소 경기도 파주시 회동길 490
전화 02-704-1724 **팩스** 02-703-2219 **이메일** dasanbooks@dasanbooks.com
홈페이지 www.dasan.group **블로그** blog.naver.com/dasan_books
종이 아이피피 **출력·인쇄** 북토리 **코팅·후가공** 제이오엘엔피 **제본** 다온바인텍

ISBN 979-11-306-4284-0 (04810)
ISBN 979-11-306-4300-7 (SET)

• 책값은 뒤표지에 있습니다.
• 파본은 구입하신 서점에서 교환해드립니다.

다산북스(DASANBOOKS)는 독자 여러분의 책에 관한 아이디어와 원고 투고를 기쁜 마음으로 기다리고 있습니다.
책 출간을 원하는 아이디어가 있으신 분은 다산북스 홈페이지 '원고투고'란으로 간단한 개요와 취지, 연락처 등을 보내주세요.
머뭇거리지 말고 문을 두드리세요.